Un lugar mejor

VOCES / LITERATURA

COLECCIÓN VOCES / LITERATURA 368

Nuestro fondo editorial en www.paginasdeespuma.com

Pedro Ugarte Tamayo, *Un lugar mejor*
Primera edición: noviembre de 2024

ISBN: 978-84-8393-360-2
Depósito legal: M-21156-2024
IBIC: FYB

Editorial Páginas de Espuma
Madera 3, 1.º izquierda
28004 Madrid

Teléfono: 91 522 72 51
Correo electrónico: info@paginasdeespuma.com

Impresión: Cofás

Impreso en España - Printed in Spain

Pedro Ugarte

Un lugar mejor

PÁGINAS DE ESPUMA

ÍNDICE

«Tú nos arrojaste a una tierra de chacales,
y nos cubriste de tinieblas».

Sal. 44, 20

ESTACIÓN DE LA MEMORIA

Éramos tan felices

Eres infeliz porque crees que existe
una cosa que se llama ser feliz.

Lorrie Moore

Voy a hablar del periodo más feliz de nuestra vida: cuando a mi padre le diagnosticaron una enfermedad terminal. Esto parece difícil de comprender, pero solo ahora, después de tantos años. Entonces éramos felices y cuando eres feliz no hay tiempo para percibir ciertas contradicciones. Cuando eres feliz, ni siquiera te detienes a pensar y la vida transcurre sin la incomodidad que suscitan las preguntas. Las preguntas, realmente, nada tienen que ver con la curiosidad, ni con el deseo de saber: tienen que ver con el dolor. Creo que, si no hubiera dolor, no existirían las preguntas.

Llegaba septiembre y el curso académico estaba a punto de empezar. Rosa, Daniel y yo experimentamos el deprimente baño de realidad que comporta la llegada del otoño para todos los chicos que deben estudiar. Rosa estaba nerviosa, a las puertas del primer curso de ingeniería. Le habían dicho tantas veces que aquella era una carrera muy difícil que perdió para siempre el buen humor y ya no volvió a ser la misma. En su determinación también influyeron las hirientes palabras de mamá. Cuando Rosa anunció que quería estudiar ingeniería, nuestra madre susurró una frase infernal, una frase que pagaría, con reproches explícitos o rencorosos silencios, durante largos años:

–¿Ingeniería, Rosa? ¿No es esa una carrera demasiado dura para una chica?

Creo que mamá ya se estaba arrepintiendo de formular esa pregunta antes de haberla terminado. Rosa la fulminó con una mirada erizada de puñales. A veces, el mejor estímulo para hacer algo en la vida no es el amor sino la rabia: desde que mi madre dijo semejante estupidez todos estuvimos convencidos de que Rosa acabaría ingeniería con notas inmejorables.

Aquel curso Daniel repetiría primero de bachillerato. Y si mamá casi reprochaba a Rosa que fuera tan buena estudiante, asistía con indulgencia a la vagancia de mi hermano, que no abría un libro en todo el curso, bebía, trasnochaba y había hecho de nuestra casa una fonda donde obtener comida y cama sin malgastar su tiempo con nosotros ni asumir ninguna obligación.

Yo me fijaba en mis hermanos y no sabía a qué carta quedarme. Intuía que la edad traería cosas peores, pero prefería no pensar en ellas. En la escuela procuraba no hacerme notar: hacía bien las sumas y las restas, escribía celosamente los dictados, completaba con cuidado los dibujos.

–Este niño hará algún día cosas grandes –decía entonces mi madre.

Y Rosa bufaba a lo lejos, embarcada en arduos problemas matemáticos, en la dureza de las asignaturas de ciencias o en el rigor de las clases de dibujo, unas clases con dibujos muy distintos a los que hacía yo.

Todo cambió a mediados de noviembre, con el curso avanzado. Cada uno de nosotros afrontaba sus tareas: la ingeniería, el bachillerato, la primaria. Nuestra preocupación se reducía a aprobar o suspender un puñado de asignaturas. Pero en el atardecer de un día oscuro, mientras la luz natural escapaba de casa con temor, como no queriendo ser ni testigo ni cómplice de lo que iba a ocurrir después, mamá nos convocó en el salón. Por alguna razón, decidió no utilizar la luz cenital y dejó la sala sumida en una franca penumbra.

Al fondo, en el sofá de siempre, estaba sentado nuestro padre, con la frente inclinada. Su constante parpadeo asemejaba un aleteo de mariposas. Era un hombre delgado, de formas finas, con algo quebradizo en todos sus movimientos, y una mirada de ojos grises y agónicos.

–Papá y yo tenemos que hablar con vosotros.

Nuestra madre pronunció aquello en voz muy baja. Así y todo, parecía que en cualquier momento sus cuerdas vocales podrían estallar, como esos cables de alta tensión que, si se rompen, propinan un violento latigazo. Me fijé en sus ojos: estaban húmedos. Definitivamente, algo malo pasaba; hasta yo me di cuenta de eso. Mamá, cada vez que me miraba, recomponía con esfuerzo sobrehumano una sonrisa, una sonrisa que se desvanecía si volvía la mirada a mis hermanos mayores.

–Tranquilo, Jorge –me susurró al oído– tranquilo…

Y yo, que hasta entonces había estado muy tranquilo, dejé de estarlo ya.

Comprendí que nos habían convocado para escuchar una declaración. Mamá alisó un papel que antes había arrugado nerviosamente entre sus manos. Leyó para sí misma lo que en él estaba escrito. Después alzó la vista. Explicó que en aquel informe los médicos hablaban sobre la enfermedad de papá, que no había buenas noticias, que le quedaba poco tiempo de vida y que tendríamos que cuidarlo mucho, y quererlo mucho, mientras aún estuviera entre nosotros. Su rostro quería parecerse al granito, pero yo adivinaba el enorme esfuerzo que comporta una eficaz simulación. Cada vez que me miraba componía de nuevo su sonrisa, en la que habitaba una tristeza difícil de ocultar.

–Tenemos que ser valientes –dijo, con una voz sostenida por herramientas frágiles y huidizas, que trabajaban desesperadamente en su interior.

Después de decir eso sorbió, se pasó la mano abierta por la cara, parpadeó varias veces, tragándose las lágrimas que pugnaban por salir. Y nuestro padre, que seguía sentado, alzó la mano para depositarla sobre la cadera de ella, con un movimiento tierno y delicado. Aquel contacto obró como una detonación sentimental. Puertas cerradas bajo llave estallaron en mil pedazos. Mamá empezó a llorar, y sus tres hijos corrimos hacia ella, para enterrarla en abrazos, para acribillarla a besos.

–Hijos, tenéis que ayudar a vuestra madre: esto va a ser muy difícil para todos –dijo él, con una voz emocionada, grave, más profunda que otras veces.

Lo admiré: mi padre había recibido de los médicos la noticia de una muerte inminente y, a pesar de todo, mantenía la compostura con enorme dignidad. Estaba más tranquilo que su esposa y sus tres hijos. Pensé que los que se van, los que saben que se van, no sienten tanta turbación como los que estarán obligados a quedarse.

Nuestro padre se iba, se iría muy pronto, se estaba yendo ya. De algún modo, ya había hecho las maletas. Los minutos que le quedaban eran un ínfimo descuento, ese tiempo inútil que uno nunca sabe cómo llenar, esa porción miserable de los partidos de fútbol ya perdidos pero que, a pesar de todo, se tienen que jugar.

Conocer la noticia fue experimentar una violenta sacudida. Nos rebelamos contra el destino y después se abrió para nosotros un tiempo nuevo, un tiempo mágico e irreal. Nos internamos en un territorio desconocido, lleno de amor y de ebriedad. Rosa se entregó aún con más empeño a sus estudios, pero con el mismo empeño lograba liberar otros momentos para acompañar a papá. Daniel abandonó sus maneras hoscas y enfermizas, y empezó a pasar más tiempo en casa con nosotros.

Los primeros días no dejé de llorar. Por las noches me acostaba sintiendo miedo y frío, un miedo distinto al que me había acosado a lo largo de la infancia, un frío que permanecía aunque hiciera calor. Ya no temía que debajo de mi cama hubiera un monstruo. Era otra cosa. Se trataba de un monstruo de verdad: el monstruo de la muerte, acercándose a mi padre paso a paso.

Acostado, abrazado a algún muñeco (de pronto había vuelto a dormir abrazado a los muñecos, aquellos que me acompañaron cuando era más pequeño) sentía que pesados lagrimones corrían por mi cara. A veces escuchaba al otro lado de la puerta los reproches que se hacían Rosa y mamá: que yo aún era un niño, que no podía entender lo que ocurría, que mejor habría sido ocultarme aquel asunto. Discutían con dureza, pero ya no había remedio. En esas ocasiones, mamá entraba en mi cuarto con sigilo y se acostaba a mi lado. Me abrazaba. Yo sorbía las lágrimas y me tranquilizaba un poco. Y creo que ella también.

–Así, ahora me quedo a dormir contigo, ¿vale?

–Vale.

–Como cuando eras pequeño, ¿sí?

–Sí.

–¿Te da vergüenza?

–No, no me da vergüenza.

–Jorge, no estés triste.

–Estoy triste por papá. Le quiero mucho.

–Yo también, Jorge, yo también le quiero mucho.

Horas después me despertaba con el corazón pacificado. Percibía que el amor de mi familia era tan poderoso que incluso desafiaba a la muerte: el amor había preparado para nosotros, aun en condiciones tan difíciles, un jardín secreto donde florecía, pujante, una planta rara y exótica, pero cuyos frutos se parecían mucho a los que ofrece la verdadera felicidad.

La enfermedad de nuestro padre no era dolorosa, tampoco le imponía infernales noches de vigilia ni problemas de alimentación o de movilidad. No salía a la calle, pero se desplazaba por casa con gestos demorados, lentos; eran gestos aristocráticos de tan imperceptibles. Él procuraba no molestar y no hubo una sola ocasión, si cruzaba la mirada con cualquiera de nosotros, en que no entregara una sonrisa. Discurría por la casa en silencio, visitaba el baño o la cocina. Se preparaba cafés nocturnos y a pesar de ello se sumía más tarde en un sueño reparador, que nunca perturbaba el descanso de los demás.

La generosidad de nuestro padre se hacía presente en las esquinas de las conversaciones, en cualquier recodo de las tareas domésticas. Él depositaba semillas de serenidad por los rincones. Me ayudaba con los deberes; tutelaba el caótico devenir de Daniel, aplicando sobre él leves enmiendas; animaba a Rosa en su ardua carrera de ingeniería. Se había enseñoreado del hogar un ritmo sereno y poderoso que proscribía la tristeza. Papá se estaba muriendo, sí, pero nuestra familia no cedía posiciones ni al miedo ni a la resignación. El mundo había dado muestras de su crueldad, pero nosotros conseguimos convertirlo en algo hermoso.

Aunque el diagnóstico de los médicos había sido terminante, también vaticinaron que la enfermedad, por fortuna, no vendría acompañada por dolores insoportables. Su capacidad física y su lucidez mental se mantendrían prácticamente hasta el final. Mi padre siempre había tenido un sentido del humor agudo y cortés, sensible a las penalidades humanas: en sus comentarios divertidos, en sus manos acariciadoras, uno comprendía que era posible resistirse a las desgracias del mundo, y que teníamos el derecho (y, sobre todo, el poder) de hacer de nuestro hogar un lugar mejor.

A lo largo de la semana, cada uno de nosotros se dedicaba a sus cosas. Con qué empeño hacía yo las cuentas y las redacciones, para no dar ningún disgusto en casa, para que mi padre, antes de morirse, se sintiera orgulloso de mí. Los fines de semana le dedicábamos más tiempo. Queríamos que pudiera disfrutar de sus últimos momentos en compañía de las personas que le amaban.

Nunca olvidaré su pelo aún abundante, cuidadosamente peinado hacia atrás, sus patillas plateadas, sus elegantes batines de seda, el modo pausado que tenía de mover las manos y de dibujar con ellas invisibles pensamientos en el aire. Siempre había sido un hombre muy delgado y ahora esperábamos, con temor, el momento en que la enfermedad llevara su delgadez a un punto extremo, hasta convertirlo en un manojo de huesos, en una sombra ingrávida y ligera. Pero aquello no ocurrió; su estampa de caballero distinguido nunca transigió con esa palidez famélica e insana de los enfermos terminales, cuando ya están mirando la muerte cara a cara. Porque él estaba mirando a la muerte cara a cara, sí, pero hablaba de ella, con ella, sin perder la sonrisa.

Aquellos fines de semana eran domésticos, amables, casi infantiles: *pizzas* traídas del restaurante de la esquina, visionado de películas estrenadas veinte o treinta años atrás. Nos conjurábamos para hacer de aquellas sesiones familiares una experiencia intensa, prendida de diminutas complicidades. Cenábamos entre risas divertidas y papá, que siempre había sido abstemio, se atrevía ahora a beber algo de vino. La muerte estaba cerca (pensaba él, pensaba yo, pensábamos todos nosotros), pero esa era una buena razón para disfrutar tercamente de la vida, para negarnos a aceptar su suerte, para plantarnos con orgullo frente a ella y defender la trinchera resistente de nuestra felicidad.

Me recuerdo en el salón de casa, con la luz apagada, la televisión convertida en una pantalla mágica que nos transportaba a otros mundos. Veíamos una película de aventuras, de esas que a papá tanto le gustaban, uniendo nuestra suerte a la de un sheriff honrado, obligado a medirse con una partida de forajidos, o a un valeroso comando aliado, perseguido por las fuerzas del III Reich. Él veía las películas desde una posición privilegiada, el sillón orejero, de cómodos reposabrazos y cálida textura; sus pies ya un poco hinchados apoyados sobre un blando escabel. Mi madre, a su lado, veía las películas desde una incómoda silla traída de la cocina, pero sin separar la mano del antebrazo de su marido. Rosa se sentaba en el suelo, apoyada en las piernas de papá, como si fuera la hija más joven y más bella de un autócrata oriental. Daniel ya no se perdía en su cuarto de adolescente, sino que permanecía con nosotros, en un sillón lateral. Con la luz apagada, nos sentíamos en la gruta oscura y hospitalaria de una sala de cine, dispuestos a olvidar las crueldades de la vida y a huir por las carreteras narcóticas e indoloras del sueño y de la imaginación.

Yo me pasaba de pie las dos horas que duraba la película, pero no lo lamentaba: me situaba a espaldas de mi padre, detrás del respaldo del sofá. Veía la película ladeando un poco la cabeza, mientras rodeaba con mis brazos su cuello y apretaba una de mis mejillas contra su nuca. Y él, de vez en cuando, ponía una mano sobre mi muñeca y la acariciaba, enviándome un mensaje de silenciosa y vasta gratitud. Qué triste y qué hermoso era aquello. Cuánta crueldad, pero cuánta misericordia. Cuántas lágrimas bebí en silencio y cuánto amor logró anegar mi corazón. La muerte de mi padre estaba próxima, pero a ella se le superponía la exaltación de sabernos fuertes: una familia indestructible, una familia de verdad.

Pasaron aquellos meses dramáticos y hermosos. El deceso inminente aguardaba como una lúgubre amenaza, pero el coraje con que papá le hacía frente era para nosotros una lección moral. Cada día, la luz del amanecer traía la incertidumbre de una pregunta, y pocos minutos después la euforia de comprobar que él seguía entre nosotros, que se levantaba con buen ánimo, sonriente, apacible, un poco legañoso.

Mamá estaba envejeciendo, como ocurre a menudo con las personas que cuidan a los enfermos y parece que han unido, en virtud de algún juramento secreto, su suerte a la de ellos. Sí, quizás mi madre, una desapacible noche invernal, de madrugada, miró la calle desierta, mientras el granizo azotaba los cristales, y se hizo aquella promesa.

De repente ella comenzó a adelgazar. Lo hizo con una rapidez en la que se adivinaba un maleficio. Un día, después de una catarata de vómitos que infestó de hedor toda la casa, tuvimos que llamar a una ambulancia para que la llevara al hospital. Rosa y Daniel, como hermanos mayores, la acompañaron.

Yo me quedé en casa, junto a nuestro padre moribundo, y repitiendo, desde la ventana, un gesto de despedida, con la palma de la mano abierta, un gesto débil, casi inútil, como el que hacía mi padre, mientras la ambulancia se alejaba a toda la velocidad, en medio del dramático vocear de las sirenas.

Durante la estancia de mamá en el hospital fui a verla pocas veces. Mis hermanos la atendían y yo me ocupaba de nuestro padre, que seguía confinado. Es cierto que ya había pasado algún tiempo desde que el mal le fuera diagnosticado, pero mis hermanos consideraron que lo mejor era que yo me quedara en casa. Más tarde comprendí por qué.

Recuerdo la última vez que vi a mi madre: recuerdo su resollar cansado, en medio de la oscuridad de una habitación que olía a fármacos y mantenía las persianas bajadas. La muerte iba derruyendo su cuerpo de forma dolorosa, metódica y cruel; y había venido acompañada de una persistente fotofobia, aunque aquel odio a la luz era solo un efecto más del tormento que se veía obligada a soportar.

–Mamá... mamá... ¿me oyes? –dijo Rosa, en un susurro–. Jorge, tu pequeño, también ha venido a verte. ¿Mamá? Jorge hoy ha venido a verte...

Ella quizás asintió, o quizás no lo hizo. En todo caso oí un áspero suspiro, un gemido extraído de la más dura tiniebla. Rosa ocultaba el rostro con su larga melena, pero permanecía inclinada sobre la cabeza de mamá, o sobre el lugar, yo adivinaba, donde debía de estar mamá.

–Quiere verte –dijo Rosa–. Mamá dice que quiere verte.

Rosa se levantó y se dirigió hacia el ventanal de la habitación. Palpando, localizó la cinta de la persiana y tiró de ella. Lenta, torpemente, la lama de madera vieja comenzó a desperezarse y entre los listones se filtró algo de luz. En la penumbra, pude ver a mi madre y ella pudo verme a mí.

Un ser momificado, exangüe, aterradoramente vivo, un ser quizás de treinta kilos, yacía encogido sobre una cama de hospital. La cabeza, desnuda de cabello, parecía demasiado grande en comparación con el cuello famélico y delgado. Unas venas azuladas y prominentes recorrían su cuerpo mínimo, que se aferraba a la vida con desesperada obstinación.

–Hijo... –susurró alguien. O algo.

De la parte inferior de aquella cabeza desnuda, que iba perfilando los límites de los huesos de una calavera, una sonrisa doliente y desdentada se elevó a duras penas. Sentí que algo se vaciaba dentro de mí. Fui incapaz de acercarme a ella y besarla, abrazarla, como tantas veces hice con mi padre desde que se había diagnosticado su enfermedad. Aquella noche tuve terribles pesadillas, con una procesión de cadáveres en marcha que susurraban lamentos, mientras transcurrían al lado de mi cama. Hasta mi padre se levantó para recogerme entre sus brazos y permitirme, sin vergüenza, apretarme contra él mientras lloraba.

Mamá murió dos días después.

Con su muerte comprendimos que todo había cambiado, comprendimos que era ella la que nos ataba a la vida, que ella sostenía, gracias a invisibles pero poderosos contrafuertes, la precaria construcción de nuestra casa. Ahora ya no estaba con nosotros, así que comenzó a disiparse la fantástica felicidad en que habíamos vivido. La ebriedad dio paso a una áspera resaca.

La vida perdió todo el sentido. Nuestro padre seguía arrastrándose por una casa que ahora percibía fría e indiferente, cuando no directamente hostil. El paso del tiempo no nos ayudó a restañar la herida. Daniel ya había renunciado a cualquier formación. La vida de mi hermano se convirtió en una sucesión de oficios manuales, que le exigían fuerza física y se saldaban, a fin de mes, en salarios cicateros. Discutía a menudo con jefes y encargados, y no tardaba en despedirse de malas formas, antes de recalar en un nuevo empleo donde las cosas seguían exactamente igual.

Rosa había terminado la carrera de ingeniería con un brillante expediente. Trabajaba en una multinacional, pero la ausencia de nuestra madre cavó en el fondo de su alma un vacío más profundo. A pesar de su juventud alcanzó en poco tiempo un puesto directivo, así que sus jornadas laborales eran inhumanamente largas. Parecía haber renunciado a emprender alguna relación sentimental. Agotada tras un día intenso de trabajo, se pasaba los fines de semana recluida en casa, esquiva, intercambiando con papá palabras aisladas, en el poco tiempo en que ella estaba fuera de su habitación.

Ni el dinero ni el éxito profesional colmaban la vida de Rosa. Quizás es cierto, como pensé hace años, que el rencor puede ser un eficaz acicate para marcarse un objetivo en la vida. Pero el rencor también priva de alegría a la victoria: todo lo que se consigue por su causa siempre viene acompañado de un amargo sabor. Rosa ascendía en la empresa vertiginosamente, pero el rencor permanecía intacto. Una tarde de primavera, nos comunicó su decisión.

–Me han propuesto un ascenso –dijo con la regularidad robótica y helada que desde hacía tiempo tenían sus palabras.

Papá, bienintencionado, ensayó una breve sonrisa, pero no acertó a completarla ante lo que vino después.

–El puesto que me ofrecen está en Londres. He aceptado: me iré dentro de diez días.

Más tarde, cuando ella y yo nos quedamos solos, le pedí alguna explicación.

–¿Te vas así? ¿De pronto? ¿No podías haber avisado con más tiempo?

Nuestra familia se había convertido en un clan de seres huraños, apartadizos, y una nueva ausencia solo acrecentaría el vacío de los demás.

–¿Y papá? ¿Vas a irte sabiendo cómo está papá?

–No te preocupes –resolvió–. Vendré a menudo.

–¿Y si ocurre algo? Está muy enfermo, sabes que en cualquier momento…

–Si ocurre algo, vendré también.

Confundido, me di la vuelta y regresé al salón, donde Daniel y papá estaban jugando una partida de ajedrez. Para ocupar su nuevo puesto, Rosa abandonó el país. Y comprendí entonces que cualquier trabajo, para ella, apenas sería una excusa, porque alejarse de nosotros era lo principal.

El paso del tiempo, en las ciudades, son bares que cambian de nombre, talleres que cierran para siempre, una peluquería sucede a un almacén, una avenida arbolada conquista el territorio que antes ocupaba la estación del tren de cercanías. Las ciudades son puzles compuestos por piezas infinitas. El tiempo borra algunas de ellas y las sustituye por otras. El tiempo, en las ciudades, es amanecer en una calle irreconocible, una calle de la que van arrancando todo lo que sabías sobre ella. Puedes vivir siempre en el mismo lugar, pero el pasado solo habita en la memoria, ahí lo reconstruyes obstinadamente, aunque a medida que pasan los años lo haces de forma cada vez más imperfecta e imprecisa. No importa que seas leal a un territorio: él jamás responde siendo leal a ti.

Y la ciudad mudaba, en una lenta metamorfosis. Las personas mayores morían. Las paradas de autobuses escolares reproducían año tras año la misma algarabía, pero los niños eran distintos. El mundo se organizaba con una engañosa sensación de permanencia dirigida a confundir, o disimular, la implacable pérdida de todo. En esa ciudad, que yo percibía cada vez más fugaz y contingente, solo se mantenía inalterable la imagen de mi padre, su melancólica mirada varada en medio de la realidad.

Después de terminar la carrera abrí mi despacho de abogado. Me especialicé en esos asuntos sórdidos que desangran las familias: separaciones, divorcios, herencias, malos tratos. Vivía del dolor y del rencor de los demás. La administración del dolor, como la del odio, también comporta gastos y consejos.

Daniel no cambió de vida. La muerte de mamá solo agravó su existencia caótica y errante. Seguía desempeñando trabajos miserables, padeciendo capataces y encargados. Eran tantos ya los malos jefes que uno acababa pensando que la culpa no era de ellos sino de la particular visión del mundo que tenía mi hermano. Sus conflictos llegaban a veces al juzgado: delitos de poca monta, demandas laborales, peleas, borracheras.

Todo aquello solo prefiguraba lo que iba a ser en poco tiempo su dramático final: un accidente de carretera, a altas horas de la madrugada; un coche atrozmente incrustado bajo los ejes de un camión; dos personas gravemente heridas y dos personas muertas. Una de ellas, Daniel.

El peor recuerdo de aquellos días fueron las tareas burocráticas que debí sobrellevar: los atestados, las certificaciones, los registros, las funerarias, los tanatorios o el ridículo y costoso cierre de una cuenta bancaria, tan arduo de consumar, apenas hubiera en ella un puñado de euros. Avisé a Rosa para que viniera de Londres, aunque sus exigentes deberes profesionales impidieron que pudiera hacerlo hasta dos días después del trágico accidente. Mientras tanto, veía a mi padre hundirse en la desolación más absoluta: para él, la muerte de su mujer había sido una tragedia, pero la muerte de un hijo violaba las leyes de la biología, torturaba su corazón.

Rosa volvió con ese gesto huraño y displicente que ya había hecho tan suyo. Desde que nuestra madre criticó que estudiara ingeniería una inyección de hiel se aplicó sobre su alma y ya nunca la abandonó. Su carrera profesional era brillante y eso suponía más dinero, más poder, más influencia. Hablar ahora con ella era comprender que vivía en un mundo distinto al nuestro, pero en modo alguno le proporcionaba alegría, ni placer, ni siquiera algo de paz.

En los pocos días que estuvo entre nosotros, Rosa renunció a dormir en casa. Reservó un hotel caro y, aunque pasaba el tiempo charlando con papá, no dejaba que eso la conmoviera. Presiento que cumplía con los deberes familiares llevada de algún imperativo moral, pero sin sentirse unida a nosotros. Para ella solo éramos fantasmas del pasado, sombras que a pesar de todo debía respetar.

Arreglados los papeles por el fallecimiento de Daniel, con la conciencia tranquila por haber visitado y acompañado a nuestro padre, Rosa regresó a Londres, donde innumerables gestiones la esperaban. Durante su estancia en casa hablamos muy poco. Desde que había emigrado no manteníamos un contacto regular. Su vida era un trajín de reuniones de empresa y viajes de trabajo por los cinco continentes. A pesar de lo mucho que viajaba, creo que nunca logró sentirse lo suficientemente lejos de nosotros.

Más tarde, recibí una llamada del consulado en Londres. Una voz grave, transida, respetuosa, notificaba que mi hermana había muerto días antes de una grave infección. Al parecer ni en su agenda ni en sus archivos personales había constancia de un teléfono o un correo que la mantuviera unida a su familia, y ningún colaborador de su trabajo sabía de nosotros como para proporcionar algún contacto. Los compañeros de Rosa nada sabían de su padre o de mí.

El funcionario consular aludió a todo aquello para disculparse por la tardanza en notificar el fallecimiento de mi hermana. También informó de que ella tuvo tiempo de manifestar sus últimas voluntades: la cremación ya se había realizado y un grupo de amigos había dispersado sus cenizas en las aguas del Támesis. En sus disposiciones no hubo, para la familia, ninguna previsión hereditaria, ni siquiera sentimental.

Por alguna razón, todas las familias acaban consumidas en un invisible altar de sacrificios. Las familias se presumen depositarias de afectos compartidos, pero esa no es la única verdad: a menudo, las familias viven para que alguien se sirva de ellas, aunque cueste tiempo llegar a comprenderlo.

Ya he cumplido muchos años y, en uno de esos presentimientos que se confirman noche a noche, con pesadillas y negras corazonadas, acepto que mi vida no va a durar demasiado. Pronto me reuniré con mis seres queridos, en ese lugar hipotético y abstracto del que no sabemos nada, ni siquiera si es un lugar. Me cuesta conciliar el sueño, padezco problemas digestivos y dormir varias horas seguidas es la única tregua con la vida que aún me puedo permitir. Me duelen las articulaciones lo suficiente como para aceptar que ese dolor se superpone al de vivir. Miro con tristeza mis manos: esos manojos de garfios retorcidos, desordenados, como son siempre las manos de los viejos torturados por la artrosis y me asalta hace tiempo una tos molesta y pertinaz. Sé que me queda poco tiempo por delante. Por eso mismo son otras las cosas que me atormentan: qué será de nuestro padre cuando yo también me muera, qué será de él cuando ya no pueda sostener, con mis escasas fuerzas, la inmensa felicidad de esta familia, reunida en torno a su incurable enfermedad.

¿NO PODRÍA MORIRSE ESE ANIMAL?

FUE COMPLICADO, pero conseguí adelantar el *friday meeting* a las nueve de la mañana. Conté con la complicidad de Trevor, complicidad no confesada porque un director general nunca debe declarar que su vida personal condiciona la vida de la empresa. Trevor siempre tomaba el último vuelo de los viernes a Londres, pero en esta ocasión había decidido regresar antes a casa y aceptó adelantar la reunión.

El *friday meeting* empezó dos horas antes de lo habitual pero reprodujo la liturgia de siempre: elucubraciones abstractas del departamento de calidad, programación de nuevas reuniones para la próxima semana, felicitaciones recíprocas por el éxito de la última negociación y críticas de Trevor a cierto compañero que no había sido convocado, señal inequívoca de que su suerte estaba echada y de que, a partir de ahora, convenía evitarlo en los pasillos de la empresa, incluso en el ascensor del edificio. Con la excusa de preparar el cierre del año, abandoné la reunión antes que los otros y regresé a mi despacho. No era frecuente tener la agenda libre un viernes antes del mediodía, así que conjuré imprevistos pidiendo a Sandra que no me pasara llamadas. Me levanté y miré por la ventana. El alto edificio de cristal donde se emplazaba nuestra empresa ofrecía una vista panorámica de Madrid: los tejados del resto de los edificios parecían un estrato de nubes bajas. No podía haber vidas felices debajo de aquel caparazón de tejas encarnadas, no podía haber vidas felices en aquella sucesión de sarcófagos de sucio cemento armado. Trabajar en uno de los pisos altos de un rascacielos permite sobrevolar la realidad y sentir compasión por todos los desdichados que viven allá abajo: un piadoso sentimiento que, además, tiene la ventaja de no comprometer uno solo de tus minutos en su ayuda.

Tomé el teléfono.

–Carla, ¿cómo vas?

–Cerrando asuntos. Dame una hora.

Me gustaba su voz. Carla tenía una voz grave y profunda, teñida de ese irresistible erotismo de toda voz femenina cuando es grave y profunda. La voz de Carla era un acantilado por el que podría despeñarse cualquier hombre.

–¿Llevarás la lencería que me gusta, puta?

–Cabrón, cerdo. ¿Se te ha puesto dura al llamarme puta?

Colgué. Me excitaba llamarla así. Y me excitaba todavía más que ella simulara enfadarse por eso.

El informe anual. Me senté al ordenador para aprovechar el tiempo corrigiendo un par de epígrafes. Frente a la numérica elaboración de los balances, me gustaba modelar párrafos inanes, barnizados de alambicado lenguaje empresarial y sofisticada terminología anglosajona. Aún tenía una semana para cerrar la inevitable palabrería que acompaña a cualquier cuenta de explotación, pero el grueso del trabajo ya estaba terminado. En una hora avancé más de lo previsto. Parte de mi éxito profesional se debía a que sabía aprovechar el tiempo. Incluso las unidades más pequeñas de tiempo son un tesoro si sabes invertirlas con acierto. En el intervalo que supone consumir un café de máquina redactaba en el móvil una carta de respuesta, y en las tediosas reuniones de los *friday meetings* esparcía comentarios distraídos, como un laborioso sembrador, mientras contestaba en el portátil el alud de correos electrónicos que se había acumulado a lo largo de la mañana. El tiempo, fragmentado, se vuelve más productivo. Aplicaba esa teoría a mi trabajo, pero también a mi vida personal. A veces pensaba que esa era una forma ingeniosa de engañar a la muerte, de jugar a confundirla. Era una idea falsa, claro, pero me divertía haber dado con ella.

Trevor solía decir que mi índice de productividad era excelente. Lo decía en tono de broma, pero yo intuía la secreta gravedad de sus palabras: en el fondo estaba impresionado por aquella habilidad que hacía de mi tiempo un prodigio de eficiencia. El director general me respetaba: era el respeto del veterano que identifica en cierto advenedizo un serio competidor. Trevor sabía leer la realidad, pero también sabía reescribir encima de ella: decidió hacer de mí un aliado, compró mi lealtad con toda clase de ascensos y privilegios. Y yo los aceptaba de buen grado porque tenía una visión del mundo similar a la suya: los que buscan el enfrentamiento son algo mucho peor que seres inmorales, son seres ineficientes. Había aceptado en la empresa el papel de paciente heredero antes de aventurarme por la senda, más incierta, de prematuro usurpador.

Eché un último vistazo a la agenda del lunes. No había ningún viaje, apenas alguna reunión, lo cual me permitía pensar en el fin de semana con mayor tranquilidad. Recogí mis cosas, salí del despacho, me despedí de Sandra y bajé en ascensor hasta el garaje. Poco después estaba atravesando Madrid equipado con una cantimplora de paciencia, para beberla a sorbos mientras soportaba los atascos.

Carla trabajaba en un edificio parecido al mío: otra torre de cristal, ostentosa e intimidante, sobre la que el sol del mediodía trazaba destellos de espejo. Aparqué en precario junto a la acera, vigilando la posible llegada de patrullas de policía. Por fortuna, Carla no tardó en aparecer. La vi acercarse con un abrigo ligero, de amplio vuelo, que dejaba entrever su chaqueta, su falda corta, demasiado corta para un día de trabajo. Se elevaba sobre la intimidante autoridad de dos zapatos de tacón de aguja. Yo me consideraba tan afortunado por compartir con Carla mi tiempo libre como por no compartir con ella labores profesionales. No me gustaría, en una reunión, tener cerca sus labios de rojo encendido, sus desnudas piernas cruzadas, sus manos de dedos largos y delgados. Carla despedía erotismo no solo porque fuera atractiva, sino porque lo subrayaba en cada gesto, en cada palabra, en cada centímetro de tela, de maquillaje o de piel. Tenía poco pecho, cosa irrelevante en una mujer como ella, alta, delgada, de piernas largas y caderas explícitas. Un lunar me enloquecía cuando estaba desnuda, un lunar oscuro, denso, perfectamente redondo, en su axila izquierda, que asomaba como una turbadora amenaza. Su rostro no era de belleza convencional. Tenía una nariz algo prominente, unos dientes grandes pero no del todo ordenados, unos labios que se alargaban con obscena sensualidad cada vez que sonreía. No, Carla no era una mujer guapa, pero sí de esas mujeres atractivas que, si te fijas en ellas más de dos veces, ganan a las guapas todas las partidas.

Dejó su bolsa en el maletero, luego montó en el coche. Se quitó los zapatos, acompañando el movimiento con un gesto de desagrado, como si se librara de una camisa de fuerza o de un cinturón de castidad, los tiró al asiento trasero, abrió y cerró las piernas, destensando los músculos, lo cual solo sirvió para que su breve falda se recogiera en torno a las caderas, y echó el asiento hacia atrás.

–¿Has hecho alguna reserva?

–El parador de León.

–Me gustan las camas del parador. Oye, estoy cansada. Ayer dormí muy poco y la mañana ha sido horrible. Voy a echar una cabezada. Cuando lleguemos me avisas, ¿vale?

–Recuerda que antes paramos en Adraque del Molino.

–Oh, sí –gruñó–. Tu amigo.

–Se lo prometí, Carla.

–¿Es necesario? Preferiría llegar al parador y descansar. Ni follar ni nada: solo descansar. Luego una ducha y una cena tranquila. Estoy rendida.

–Será por poco tiempo –insistí–. Una entrañable visita a un viejo amigo.

–Una mierda de visita a un fracasado.

Una mierda. Una visita. Un fracasado. Carla practicaba juicios sumarios cada vez que había ocasión. Pronunciaba en voz alta sentencias crueles, demoledoras. Yo era en eso muy distinto a ella, hacía lo que suelen hacer los seres humanos que se creen buenas personas: dictaba las mismas sentencias (crueles, demoledoras) pero me las guardaba para mí.

Se revolvió en el asiento y me dio la espalda. Poco después, acurrucada, se quedó dormida. Seleccioné un concierto de música barroca y me dispuse a disfrutar del viaje.

Antes de llegar a León debíamos pasar por Adraque del Molino. Tenía pendiente una visita a Jacinto Romero, viejo amigo que había recalado en aquel pueblo castellano después de graves reveses profesionales. Jacinto y yo fuimos compañeros inseparables en los años de universidad, cuando estudiábamos administración de empresas. Las clases magistrales, los trabajos en común, habían gestado entre nosotros una de esas alianzas que dejan al fondo de la memoria un poso de melancolía y lealtad. Al dejar la universidad comencé a trabajar en el sector financiero, mientras que Jacinto deambuló por pequeñas empresas, multiplicando los tropiezos laborales, los golpes de mala suerte, los concursos de acreedores. Fue un estudiante torpe pero aplicado; también un alma triste, cándida y sencilla. Recuerdo sus aprietos con las chicas en las galas de estudiantes, sus problemas con el nudo de las corbatas. Después de graduarnos lo perdí de vista y solo volví a saber de él años más tarde, en la reunión festiva del vigésimo aniversario de nuestra promoción. Aquella fue la reagrupación de una piara de hombres bien conservados, abonados a toda clase de gimnasios, y de mujeres de buen ver, que habían sustituido los pantalones tejanos por los trajes de chaqueta entallada y falda corta. En medio de ellos, Jacinto era un ser agónico y cansado al que la vida no había tratado bien y que evitaba en las conversaciones cualquier apunte personal. Antes de terminar la fiesta consiguió animarse un poco: me invitó a visitar su casa, conocer a su familia y recordar los viejos tiempos. Ahora vivía en un pueblo llamado Adraque del Molino. Me pareció que la mejor forma de salvar el compromiso era practicar una fugaz parada en nuestro viaje y, con la excusa de la reserva en el parador, despedirnos después de una breve charla, prometiéndonos nuevos encuentros, encuentros que, con un poco de suerte, jamás se iban a producir. Volví a aplicar mi teoría de la división del tiempo en piezas mínimas: después de liquidar el doble compromiso de comer algo y visitar a un viejo amigo, llegaríamos al parador con tiempo para descansar.

Me impresionaba el páramo castellanoleonés, aquella extensión de tierra sin cultivos, sin casas, sin personas. Al final, en la línea del horizonte se fundían un cielo sucio y gris, salpicado de nubes oscuras, y una llanura de tierra encarnada. Era una estepa menesterosa, donde no había nada. O donde había pocas cosas. Desde un coche de alta gama, uno podía contemplar aquello sintiéndose a salvo y decirse: «De acuerdo, el mundo es duro, basta imaginar el frío de mil demonios que debe de hacer ahí fuera, pero desde aquí, desde el interior del coche, todo se ve de otra manera. Aquí el dispositivo de aire climatizado modula una temperatura agradable. El cuadro de mandos proporciona detallada información acerca del mundo: temperatura, humedad, altitud. La música del periodo barroco, que suena elegante, solemne, y que no sé quién la compuso, acompaña la tranquila sucesión de los kilómetros. No, no fue mala decisión, a partir de los cuarenta, sustituir el rock por la música barroca. Por otra parte, acaban de ascenderme a director general adjunto, hace mucho tiempo que el dinero no es un problema en mi vida y tengo la compañía de una hembra atractiva e inteligente que, además de dirigir operaciones financieras internacionales, por las noches se arrodilla delante de mí y hace lo que yo le diga. No, mi vida no es desgraciada. Realmente no lo es».

El ordenador nos iba guiando hacia Adraque del Molino. En algún momento indicó que debíamos abandonar la autovía. Nos adentramos por una carretera nacional que en poco tiempo se convirtió en carretera provincial. El páramo leonés se iba desfigurando a medida que llegaba la tarde y con ella la decadencia de la luz. Un pequeño caserío de paredes de piedra, intercaladas con cobertizos de adobe, dio paso a una plaza mayor de empaque pobre y honrado. Más allá, accedimos a un moderno bloque de viviendas: paños de ladrillo visto, con portales y ventanas de carpintería metálica, ese horrible recurso que garantiza, con el paso de los años, un escaso deterioro al precio de una incomparable fealdad.

Adraque del Molino no era un municipio demasiado grande. Internet explicaba que, aunque en verano se animaba un poco, a lo largo del invierno no vivían allí más de cuatrocientas personas. Jacinto me había dado su dirección y el ordenador nos dirigió a aquel destino: calle Víctimas del Terrorismo, número 3. Su piso era el segundo izquierda.

Aparcamos cerca de la casa: una colonia de dos edificios iguales, separada del casco antiguo. La tarde invernal anunciaba la prematura noche y unas indecisas farolas, encendidas de día por la desidia municipal, cubrían de luz pálida un parque de columpios oxidados, que quizás fueron hermosos en otro tiempo, cuando un alcalde ufano inaugurara el complejo de viviendas, pero que nadie había adecentado desde hacía veinte, o treinta, o quién sabe cuántos años. Un ladrido agudo y penetrante se sucedía con implacable regularidad. Presentí que aquel perro desquiciado estaba siempre ahí, ladrando, ladrando, y que nunca dejaría de ladrar.

Tomé el móvil y, antes de concluir el primer tono, sentí la voz de Jacinto Romero, como si hubiera estado apostado al otro lado, en guardia, esperando mi llamada.

–¡Jorge! Jorge, qué alegría. Ya estáis aquí. Subid, subid a casa.

Pulsé la tecla del portero automático y, con la misma diligencia con que antes había contestado a la llamada, sentimos ahora el ruido que franqueaba la puerta. En el vestíbulo oscuro, apenas iluminado por una luz amarillenta, hacía más frío que en el exterior. No había ascensor. Subimos por una estrecha escalera de granito flameado. Allí nos esperaba una puerta abierta y la luz interior de un hogar.

–¡Jorge! –escuché de nuevo, antes de salvar el último recodo y ver por fin a Jacinto.

En el descansillo, con los brazos abiertos, Jacinto Romero nos esperaba. Recuerdo que en la comida de la promoción le vi mucho más gordo que en mis recuerdos de estudiante, pero ahora, pocos meses después, me pareció que había engordado todavía más. Me di cuenta de que los hombres de más de cuarenta años se encuentran ante una radical bifurcación. Por diversas razones, que van desde los desarreglos metabólicos hasta las costumbres insanas, desde la ambición profesional hasta la mera negligencia, unos se cuidan, dejan de fumar y van al gimnasio, mientras que otros se quedan calvos, engordan y envejecen a gran velocidad. Entre esos hombres que afrontan la primera estación de un largo declinar, Jacinto Romero y yo pertenecíamos a distintas subespecies.

Me dio un abrazo, después miró a Carla y se acercó para propinarle en las mejillas dos besos sonoros. Me divirtió el modo estoico con que Carla toleró la cercanía de aquellos blandos mofletes y el aroma levemente rancio de un torso embutido en un jersey granate, salpicado de compactas bolitas de algodón.

Jacinto nos invitó a pasar. Recibimos el impacto de ese hedor denso y amargo de las casas que huelen a cerrado, donde la calefacción siempre encendida mantiene el frío a raya, al precio de una atmósfera tóxica e insalubre. En algún momento, al fondo del corto pasillo, apareció la esposa de Jacinto.

–Mari Carmen, te presento a Jorge, mi antiguo compañero, y ella es Carla, su amiga Carla.

Mari Carmen también nos besó. Me animó un poco verla arreglada: se había pintado, llevaba una camisa de azul encendido y lucía el pelo recogido en un moño de peluquería. Pero las crueles sentencias que Carla y yo siempre dictábamos no fueron más indulgentes con ella: cierto, Mari Carmen no parecía tan descuidada como Jacinto, pero tuve la impresión de que se había maquillado y arreglado para nosotros. Pensar en eso fue casi peor: me imaginé cómo sería aquella mujer de baja estatura y ojos tristes el día en que no hubiera visitas.

Más atrás aparecieron tres niños y una niña, ninguno de los cuales tendría más de catorce años. Me pregunté si aquella furia reproductora ya había terminado o si, horriblemente, no había hecho más que empezar. Los niños, bien aleccionados, nos saludaron y besaron por turnos. En mi mente, el recuerdo de sus nombres se deshizo de inmediato. Jacinto informó de que los niños ya habían comido, y que distintas actividades deportivas los reclamaban en un pueblo cercano, al que irían ahora en el autobús municipal. Carla y yo suspiramos con alivio, aunque solo a ella se le notó.

Pasamos las siguientes dos horas atrapados en una atosigante hospitalidad: servilletas de papel sobre un mantel de hule pegajoso, langostinos hervidos en medio de una densa humareda y sobremesa aderezada por un licor fuerte y desconocido, con el que Jacinto se empeñaba en obsequiarme, llenando mi copa una y otra vez. Unos hielos duros, soberbios, grandes piedras traslúcidas, como traídas del Ártico (o quizás de la gasolinera más próxima) servían para, en el mejor sentido, atenuar el impacto de aquel licor horrible y, en el peor sentido, obligarme o ayudarme a beber más.

Carla no era buena persona, pero su comportamiento, de momento, estaba siendo admirable. Al principio la conversación se había circunscrito a motivos meteorológicos (vaya frío, el de estos días) o viajeros (ahora, ahora mismo empezará el atasco de salida en Madrid), y luego discurrió por el socorrido anecdotario que facilita una comida de circunstancias, donde los langostinos dieron paso a un jamón serrano mejorable, rabas y croquetas de paquete, y una deliciosa, esta vez sí, tortilla de patatas que Mari Carmen había preparado por la mañana.

–Y vosotros –pronunció detenidamente Carla–, ¿qué es lo que hacéis aquí?

Tardeo temprano, la conversación debía adquirir otro tenor, ese tenor.

–Bueno –dijo Jacinto, dándose tiempo para interiorizar la pregunta–, llevo un revistero en la plaza mayor, pero hay que reconocer que ya no se venden muchos periódicos, y todavía menos revistas, ¿verdad, Mari Carmen? De modo que desde hace algún tiempo también vendo chucherías a los críos.

–Ampliando el negocio –concluyó Carla, con depravada lentitud.

Temí que todo se fuera a derrumbar en cuestión de segundos, como si el equilibrio de un enorme rascacielos dependiera de un soporte débil y delicado, un soporte que

Carla podría destruir con el movimiento displicente de uno de sus zapatos de tacón.

–Pero eso no es todo –intervino entonces Mari Carmen–. Esta es una población pequeña y muchos habitantes tienen que ir a la capital de la comarca a comprar cualquier cosa. –Nos miró, con una luz en sus ojos–. ¿Os dais cuenta de lo que sube el precio de una bombilla si para comprarla tienes que conducir veinticinco kilómetros?

–Er... claro –contesté–. Me imagino que si vas en coche a comprar una bombilla el coste sube bastante.

–Por eso Jacinto se ha puesto en contacto con un distribuidor –dijo Mari Carmen, mientras tomaba con ilusión la mano de su esposo–. Queremos vender en la tienda bombillas, enchufes... artículos de electricidad. ¿Qué os parece?

La pregunta, como una sonora canica, llegó rodando por el suelo hasta que golpeó levemente en la punta de uno de mis zapatos.

–Nos parece... nos parece una idea estupenda –contesté.

Jacinto y Mari Carmen sonrieron con alivio, como si mi respuesta disipara dudas metafísicas que los hubieran atormentado durante largos meses y que solo ahora vieran definitivamente resueltas. Supuse que reconvertir el revistero de Jacinto en una pequeña ferretería no era una operación demasiado onerosa. Después me pregunté cuántas bombillas, cuántos enchufes, necesita cada año un pueblo de cuatrocientos habitantes.

–¿Y tú, Mari Carmen? –preguntó entonces Carla.

–Mari Carmen no trabaja –respondió Jacinto.

Era una declaración incómoda, pero comprendí enseguida que tenían preparado el antibiótico, para ser aplicado de inmediato cada vez que se hiciera pública aquella inquietante enfermedad.

–Aquí no hay muchas oportunidades –continuó Jacinto–. Pero Mari Carmen siempre está muy ocupada: me ayuda en la tienda, participa en el coro de la parroquia y dirige también el grupo de Cáritas del pueblo.

–Somos un grupo pequeño –dijo ella, modestamente–, y en el coro… bueno, en el coro no cantamos muy bien.

–¡Mari Carmen! –replicó Jacinto, con impostada indignación–. Cantáis estupendamente. Siempre lo dice el cura.

Ella bajó la vista con recato, seducida por un halago que quizás había escuchado muchas veces, pero nunca delante de gente desconocida. Sentí la obligación moral de decir algo:

–Oh, sí, seguro que…

–… que cantáis estupendamente –terminó Carla, interrumpiéndome, con reprimida violencia, mientras descruzaba sus largas piernas y volvía a cruzarlas en sentido contrario.

No había en Jacinto rastro alguno de malicia, no había doble fondo en el baúl oscuro y triste de su alma. En la universidad no fue un estudiante brillante, tuvo mala suerte en los primeros trabajos y ahora me conmovía aquella animosa resignación a la que había llegado. Pensé en las largas noches que se les venían encima, cada invierno, en Adraque del Molino, y me imaginé a Jacinto y a Mari Carmen acostados en su cuarto, desnudos, gordos, abrazados, felices.

A la espera de la inminente despedida, distrajimos la conversación con recuerdos universitarios. Conseguí confinar a Carla en una zona neutral, en zona no beligerante, un lugar donde ella se mantuviera ajena a una conversación que podría haber dinamitado con un solo manotazo, con un solo latigazo verbal. Los ladridos del perro que habíamos oído al aparcar el coche no nos habían abandonado a lo largo de la tarde. Seguía emitiendo sus violentos gemidos, con estridencia, con empeño, como si aquello fuera algo más que el lamento de un perro psicótico, la histeria de un perro atado durante años a una caseta miserable, para defender un cobertizo, una cabaña o un corral.

–Por Dios –exclamó Mari Carmen, como si se liberara de pronto de alguna continencia–, ¿no podría morirse ese animal? Lleva meses sin dejar de ladrar, pero lo de hoy es horrible, horrible…

Nos miró, enviando una mirada de disculpa.

–Lo siento, lo siento mucho. Yo no quería…

–No te preocupes, Mari Carmen. Por favor, no pasa nada –dije.

Estábamos en pleno invierno y la prematura noche nos había atrapado en medio de la conversación. Jacinto tomó la botella vacía y regresó a la cocina, en busca de más alcohol. Era el momento, definitivamente, aquel era el momento.

–No, Jacinto, no. Hemos bebido demasiado. Ya ha anochecido y tengo que conducir.

Me levanté. Carla, accionada por un resorte, también se levantó. Mari Carmen, arrastrada por la inercia, hizo lo mismo.

–Nos vamos, nos vamos –repetí–. Tenemos que irnos.

–¿De veras? –dijo Mari Carmen.

–De veras –dije yo.

–De veras –dijo Carla.

Jacinto, alzando las cejas, impostó el lamento habitual en un buen anfitrión. Luego llegaron los abrazos de despedida y las habituales promesas, vagas e inconcretas, de nuevos encuentros, de nuevas conversaciones.

Carla y yo salimos del piso. Les rogamos que no bajaran con nosotros: hacía mucho frío y se iban a destemplar. Pronuncié aquel extraño verbo: destemplar. Solo la conciencia de un frío inhumano hace revivir un verbo así.

En la calle nos golpeó un viento helador. El perro seguía ladrando, con desesperación, desde algún rincón del pueblo que yo no acertaba a identificar. Sentí un deseo inenarrable de abandonar Adraque del Molino. Un viento inclemente azotaba los árboles de la vega del río y extendía el rumor de sus ramas desnudas.

Caminamos con nerviosa ligereza, deseando entrar cuanto antes en el coche. Lo hicimos en silencio, sin cruzar una sola palabra. Podía insultar a Carla cuando estábamos follando, pero en cualquier otro momento debía cuidar las palabras con ella. Recalar en Adraque del Molino no había sido una buena idea; ahora tenía miedo de decir cualquier cosa y empeorar la situación.

–No vuelvas a hacerme algo así –pronunció Carla, sin mirarme, pulverizando una nube de rencor en cada una de sus palabras.

Era noche cerrada. Programé en el ordenador la dirección de destino: que el coche nos llevara a algún lugar mejor. Programé también el climatizador y puse música clásica, una misa barroca, con esos matices religiosos que, por fortuna, hoy solo se interpretan como una llamada a la relajación mental y muscular.

Carla estaba enfadada, pero yo conocía sus enfados y sabía que solían ser tan numerosos como efímeros. Quizás refunfuñara un poco, claro que si yo le recordaba los desagradables incidentes de mi reciente divorcio eso la pondría de buen humor. Por suerte, disfrutaríamos más tarde de una cena tranquila, en la que recomponer complicidades.

Incluso era posible que tuviéramos sexo aquella misma noche, o quizás por la mañana, antes de desayunar.

Una frase había quedado suspendida en mi memoria: «¿No podría morirse ese animal?», se había preguntado Mari Carmen, torturada por los constantes gañidos de un perro irritado. Me sentí triste.

–¿Te fijaste en la frase de Mari Carmen? –dije entonces–. No quería que se callara aquel maldito perro. Quería que se muriera, quería que se muriera de verdad.

Carla, al límite de su escasa paciencia, resopló.

–No me obligues a decir una sola palabra más sobre esos personajes.

Me dio la espalda y se encogió. Debíamos llegar cuanto antes a León. En poco tiempo, Carla consiguió dormirse o sumirse al menos en ese duermevela del pasajero que no conduce y se siente ajeno a los pormenores del camino.

Había más circulación de la esperada, quizás porque era viernes por la tarde. Seguramente, los escasos habitantes de aquel rincón del mundo despertaban ese día de su crónico letargo y peregrinaban hacia alguna población algo más grande, alguna cabecera de comarca donde sobrellevar mejor el frío de la noche, algún lugar donde distraer la soledad bajo el ruido de fondo de un partido de fútbol televisado y el engaño narcótico del tabaco y el alcohol.

Aceleré para recuperar el tiempo perdido. Debíamos escapar de Adraque del Molino, abandonar cuanto antes aquella carretera secundaria y tomar de nuevo la autovía.

En algún momento, a la luz de los focos, apareció un perro en medio del asfalto. Se revolvía nervioso, confundido; daba vueltas sin cesar sobre sí mismo, como si el miedo le impidiera salir de allí. De pronto, se detuvo. La luz de los focos se proyectó en sus ojos y estos se iluminaron: dos destellos de rojo encendido, en medio de la oscuridad.

Supongo que habría sido mejor atropellarlo, pasar por encima de él, pero el instinto me llevó a evitar el impacto. Di un violento volantazo hacia la izquierda, invadí el carril contrario y fue entonces cuando Carla, aterrada, despertó.

Ulises y los mapaches

Sonó el teléfono una noche, una de tantas, y realmente no esperaba que fuera otra vez el mismo personaje, el mismo viejo asunto. Había pasado casi un año, desde la última vez.

–¡Hijodeputa!

–¿Ulises?

–¿Cómo está Paula?

–Ulises…

–Está muy buena. ¡Perdón!, es tu mujer.

–No, no… Yo también creo que está muy buena, Ulises. Gracias.

–Claro que sí. Eso es un colega. ¿Te acuerdas, Jorge? ¡Los mapaches, jey jey! ¡Los mapaches, rebelión! ¡Los mapaches, jey jey!

–Ulises, ¿qué quieres?

Era una pregunta estúpida.

–He pensado que los mapaches podrían hacer una quedada.

–¿Otra quedada?

–Jorge, no jodas, hace siglos que no nos vemos. Una quedada. No irás a rajarte ahora, ¿verdad?

Demoré la respuesta, aunque sabía, por otras ocasiones, que unos segundos de silencio se convertían, para Ulises, en una irrecusable aceptación.

–Otra cena de los mapaches… –murmuré.

–¡Los mapaches, jey jey! ¡Los mapaches, rebelión! ¡Los mapaches, jey jey!

–Ulises, voy a estar fuera unos días. Cosas del trabajo.

–Pues dentro de dos viernes. Te encargas, ¿no?

–Haré las llamadas –respondí, con secreta resignación.

–Y yo reservo donde siempre. No lo olvides, Jorge: ¡Los mapaches, jey jey! ¡Los mapaches, rebelión! ¡Los mapaches, jey jey!

Colgué.

Un prolongado silencio sucedió al viejo grito de guerra. Me encontré con la mirada de Paula, piadosa, compasiva, casi maternal.

–Lo sé, estoy muy buena.

No pude resistirme: me acerqué a ella, la abarqué con mis brazos y la besé.

–A Ulises siempre le has gustado.

–A Ulises le gustan todas, sobre todo después de su divorcio.

Paula se liberó de mis brazos. Cuando iba a reprocharme alguna cosa, ella siempre marcaba una distancia física y mental.

–Le has dicho que vas a hacer llamadas. Lo has vuelto a hacer, Jorge. Tienes más culpa en esto de lo que quieres reconocer.

–Hemos quedado dentro de dos semanas –confesé.

–Nunca aprenderás –dijo Paula, suspirando–. Nunca, nunca aprenderás.

A lo largo de los días siguientes planifiqué las llamadas. Paula aceptó acompañarme a la cena y ayudarme con la convocatoria. Volvimos a examinar la lista de familias, recogimos los pecios del naufragio. Sabíamos qué nombres ni siquiera era necesario aventurar. Había nombres que ya habíamos olvidado y otros que aún no habíamos olvidado pero que se nos hacía difícil recordar.

–Pedro y Mónica –me atreví.

El ceño fruncido de Paula comportaba una respuesta. Otra intentona.

–¿Y Amanda? ¿Qué te parece Amanda?

–Hace años que vive en Madrid.

–Pues vino a la última quedada.

–No vino a la última quedada –refunfuñó–. Hace más de tres años que no sabemos nada de Amanda. Te acuerdas de ella porque la última vez que vino se emborrachó.

–¿Tres años? ¿En serio?

Dije eso con una sonrisa divertida que disimulaba la auténtica sorpresa. Recordaba perfectamente la imagen de Amanda, habitual en las cenas de los mapaches, y sobre todo su estrafalaria actuación en una de ellas, pero no pensé que hubiera pasado tanto tiempo. Hacía tres años que no sabíamos nada de Amanda y yo no me había dado cuenta. Sentí algo parecido a la tristeza, la tristeza de no saber dónde estaba Amanda, y la tristeza de aceptar que a ella, seguramente, tampoco le importaba no saber dónde estábamos nosotros.

–Podemos llamar a Alberto –propuso Paula.

–No, por favor, Alberto y Ulises acabaron muy mal –recordé–. La última vez se pusieron a hablar de política. Casi llegan a las manos.

–¿Los Gómez-Cid?

Seguimos hilando nombres y apellidos sobre un papel cuadriculado, uno de aquellos papeles en los que, hacía tantos años, los pequeños mapaches resolvían reglas de tres y divisiones, para aprobar matemáticas, entonces, cuando aún no era optativa. Aparte de nosotros, un examen realista del listado redujo las posibilidades a solo dos parejas: Garay y Carranza.

Llamé, en primer lugar, a Carranza. Javier Carranza y yo habíamos compartido, o confrontado, infinidad de intereses en los tribunales. También coincidimos algún tiempo en la junta directiva del colegio de abogados. El respeto profesional de dos colegas revestía de cierta legitimidad a mi llamada, aunque bastaba que fuera a pronunciar determinado nombre para que ocurriera lo previsible.

–Me ha llamado Ulises, Javier.

–No.

–Por favor.

–No, Jorge, nunca más.

–Ulises nos necesita.

«Nos necesita». No sé de qué lugar salió aquella frase enfática, terrible, pero me pareció el único modo de ejercer presión sobre Javier Carranza. Más allá asomó la voz rota de su mujer.

–Dile que no, Javier. Dile que todo esto nos hace mucho daño.

Percibí un llanto ahogado, allá a lo lejos.

–Es muy cruel esto que haces, Jorge –dijo Javier.

–Yo no pretendo…

Javier Carranza cortó la comunicación. No me sentí agredido: después de todo, imaginaba que aquello iba a ocurrir. Todavía más, lo comprendía.

–Hay que terminar con esto, Jorge, hay que terminar con esto ya –dijo Paula, detrás de mí.

El mío era un matrimonio bastante tradicional: quiero decir que yo era el responsable de las cosas que hacíamos de puertas afuera, pero si las hacía sin el explícito apoyo de mi esposa me sentía perdido e inseguro, como un niño extraviado entre las barracas de una feria. Las cosas, sin ella, salían siempre mal. Miré a Paula, pidiendo permiso.

–Será la última vez, Paula, te lo prometo. Ayúdame, por favor, ayúdame. Te juro que será la última vez.

Volví a marcar un teléfono. Ahora debía hablar con Garay.

–¿Víctor?

–Los mapaches, rebelión, Jorge.

–Jey, jey.

–Te ha llamado Ulises, ¿verdad?

–Una quedada.

Víctor Garay emitió un chasquido equívoco, donde habitaba el fastidio por un molesto contratiempo, pero también la ternura clandestina por todo lo perdido.

–¿Cuándo será eso?

–Dentro de dos viernes.

–¿Irá alguien más?

–Nadie, nadie más.

Sentí el silencio, un nuevo silencio, deslizándose al otro lado del teléfono, como un hurón que recorre pasadizos estrechos.

–Va a ser complicado que María me acompañe –dijo Víctor–. En fin, lo intentaré.

–Gracias, Víctor. Los mapaches, jey jey. Los mapaches, rebelión.

No sé quién colgó antes de los dos.

El viernes nos citamos en el lugar de siempre, una ruidosa pollería donde los mapaches celebraban los inicios de temporada y los finales de temporada, las grandes victorias y las grandes derrotas. Enormes jarras de cerveza, no demasiado fría, e ingentes bandejas de pollo asado habían sido un lenitivo en los peores momentos y un acicate para la celebración de los mejores. Con inercia algo melancólica, las quedadas de los mapaches siempre se hacían allí, a pesar de que las deserciones se fueran acumulando y las multitudinarias reuniones del principio se hubieran convertido en menguantes conciliábulos. Paula vino conmigo y Víctor Garay, por fortuna, logró convencer a María. Los cuatro llegamos antes que Ulises, lo cual nos dio la oportunidad de conspirar.

–Ey, esa bufanda. Los mapaches, rebelión –saludé al llegar.

Me animó ver que Víctor se había puesto la vieja bufanda de los mapaches, supongo que para crear ambiente y compartir la euforia aparatosa de Ulises. Pero los rostros serios de Paula y de María denunciaban que todo era más complicado. La vida es mucho más complicada de lo que los varones preferimos imaginar. Ellas se besaron en las mejillas y empezaron a compartir confidencias, con complicidad de mujeres hartas de esos compromisos sociales a los que las arrastran sus maridos, quién sabe si hartas de los maridos también. Después de confesarse entre ellas alguna cosa, María me miró.

–Hola, Jorge. Escucha, solo quiero que sepas que, si Ulises se pasa un poco, pero solo un poco, yo me voy.

–Si se pasa nos vamos todos –confirmé, para apuntalar el acuerdo.

Entonces, a lo lejos, escuchamos una voz aguda, áspera y cortante. La voz de Ulises no era especialmente desagradable, pero cuando chillaba se convertía en una tela rasgada que perforaba los oídos ajenos y conmovía las piezas de cristal.

–¡Los mapaches, jey jey! ¡Los mapaches, rebelión! ¡Los mapaches, jey jey!

Acabamos entrando en la pollería y solo el ruido ensordecedor de decenas de voces, el estruendoso trasiego de las cocinas y el tráfico de bandejas de pollo y de cerveza atenuaron el impacto de aquellos alaridos. Ulises se acercó con la atosigante cordialidad de siempre. Batió la espalda de Víctor y la mía con masajes contundentes, pero que uno no podía identificar exactamente como azotes, sacudidas o guantazos. Luego se acercó a Paula y a María, y aplicó sobre sus mejillas unos besos húmedos, grumosos, como revoques de albañil en las paredes.

–Guapas, guapas... Qué guapas estáis, joder. Estas mapachas...

Como Víctor, Ulises también llevaba la bufanda del equipo. Además, se había enfundado la camiseta de los mapaches, aquellas camisetas que imprimimos con entusiasmo para la final absoluta de cadetes. Recordé que hacía algunos años, cuando las quedadas aún eran caóticas excursiones nocturnas, Ulises extravió la bandera del equipo en algún bar desconocido. Él siempre lamentó aquella pérdida, pero eso nos libró, en las siguientes citas, de comer pollo de forma compulsiva mientras alguien gritaba, agitando sobre nuestras cabezas una bandera sin cesar.

Dentro de aquel pabellón industrial, reconvertido en pollería, sorteamos las mesas de merendero, atestadas de niños desquiciados, familias numerosas y cuadrillas de adolescentes. Era un sitio incómodo para conversar, pero Ulises había proscrito cualquier otro lugar de reunión. Él decía que desde la categoría de benjamines habíamos hecho de la pollería nuestro cuartel general y que abandonar el cuartel general de los mapaches sería una traición.

–¿Pollo y cerveza para todos?

Después de una rápida colecta, Ulises se dirigió animosamente al mostrador, cogió un número y se quedó allí, a la espera del turno. Nosotros, en la mesa, apenas comentamos nada: cruzábamos miradas de resignación donde no habitaba un solo rastro de esperanza.

–¡Mapacheeees!

Ulises apareció sosteniendo, en precario equilibrio, una bandeja de plástico con dos pollos, una enorme jarra de cerveza y una fuente llena de patatas fritas. Llevaba un taco de servilletas de papel bajo el sobaco. Dejó todo sobre la mesa. Nadie, salvo él, usó aquellas servilletas a lo largo de la noche. Por fortuna, Ulises no era sagaz, hacía abstracción de los detalles, no practicaba sobre las cosas de la vida un examen preciso. Víctor Garay fue a la barra y trajo un taco de servilletas limpias, que a partir de entonces utilizamos los demás.

Llegaron entonces las anécdotas de siempre, reiteradas a lo largo de los años, recurrentes, previsibles. Emergían del olvido, cada nueva quedada, como un ave fénix que resurge de sus cenizas: las primeras temporadas, en categoría de benjamines; la hinchada de padres y de madres, donde asomaron poco a poco amistades, complicidades y hasta alguna relación sentimental; la comunión en torno a un equipo de fútbol al que Ulises, muy pronto, bautizó como «los mapaches». La épica de los mapaches no era mejor ni peor que cualquier otra, pero ya había pasado el tiempo, mucho tiempo, demasiado tiempo. El tiempo pulveriza la memoria, apenas deja de ella unas inútiles migajas. Lo peor de la memoria es cuando el presente la desdice. Puedes recordar el pasado, pero no insistir en él.

Uno de los viejos mitos de la historia de los mapaches era Primate, el entrenador. El apodo se lo puso Eduardo Gómez-Cid, tras verlo extender sus brazos de orangután cada vez que el árbitro pitaba en contra de nuestro equipo. Primate había dejado tres o cuatro anécdotas que Ulises rememoraba sin cesar, una tras otra, en cada una de las quedadas. Pero el recuerdo más conmovedor de los mapaches era la inacabable paciencia de Chavi Huerta, condenado a asistir a los partidos desde el banquillo. En una heladora mañana de invierno, con el equipo diezmado por las lesiones, Primate por fin tuvo que contar con él. Chavi salió al campo con la rabia acumulada durante dos temporadas en las que había entrenado con empeño, pero sin recompensa. En medio de la niebla, bajo el azote de la agua nieve, atrapó un balón perdido en el círculo central, avanzó con ganas, consiguió driblar a un defensa torpe y pesado, y levantó el balón, en una lenta parábola, por encima de la desesperada salida del portero. Vaya alegrón el de Chavi Huerta. Y cómo saltaron, regocijados, sus padres, acostumbrados a verlo varado siempre en el banquillo. Fue un momento inolvidable, de cegador hermanamiento. Los mayores saltamos como niños de alegría y los chavales, por unos pocos minutos, volvieron a ser niños otra vez.

Habíamos vaciado ya tres jarras de cerveza. La mayor parte del consumo correspondía a Ulises. La verdad es que en aquella pollería siempre servían la cerveza medianamente fría, aunque yo solo me había dado cuenta de eso en los últimos años, cuando las tumultuosas reuniones de los mapaches habían degenerado en forzados compromisos de unos pocos leales. Al salir por la noche, Paula solía beber gin-tonics, pero en las quedadas de los mapaches se limitaba a beber agua. María hacía lo mismo. Ahora, ambas daban vueltas a sus pequeños botellines de plástico, dejando pasar el tiempo, a la espera del final.

–¿Y os acordáis de Cerrato? –dijo Ulises–. Joder, qué extremo más fino. Aquel chaval sí que podía haber hecho carrera.

–Prefirió la ingeniería –apunté.

–Sí, ya lo discutí con Richar y Victoria –respondió–. Yo les dije: tíos, tenéis un diamante en bruto en la familia. Vuestro chico podría jugar en primera.

–La ingeniería es algo más seguro –susurró María.

–Si fuera por vosotras no habría lugar para los sueños.

Ulises lanzó aquello de forma inesperada. Se pareció a abrir una navaja, lanzarla contra la pared y ver cómo se quedaba vibrando, después de clavarse en la corchera.

–Les cortáis las alas a los chicos y los ponéis a trabajar –sentenció–. Es una vida de mierda.

Paula y María se miraron.

–Cuando dices «vosotras», ¿de quién hablas exactamente? –preguntó Paula.

Ulises se aplicó un compulsivo trago de cerveza, se pasó el antebrazo por la boca y luego respondió.

–De las madres, de las mujeres. Sois unas cobardes. Hay que tener coraje y aprovechar las oportunidades de la vida, esas que pasan solo una vez. Vosotras ponéis a los chicos a estudiar y luego a trabajar. Como a vuestros putos maridos.

–Yo me largo –dijo María, y entonces se levantó.

Víctor se levantó con ella.

–María, por favor.

–Ya no aguanto a este tipo.

–¡Déjala! ¡Que se vaya! ¡Déjala! –profirió entonces Ulises–. ¡Los mapaches, jey jey! ¡Los mapaches, rebelión!

–Ulises, cállate –gritó Víctor.

Paula también se levantó. No lo hizo con brusquedad, sino con el fatalismo de lo inevitable: quería solidarizarse con María. Había en sus gestos una especie de vasta resignación. Yo también me levanté.

–Eh, ¿qué es lo que pasa ahora? –dijo Ulises, mirándonos a todos, alternativamente–. Esto era una quedada de los mapaches.

Paula y María ni siquiera miraron a Ulises. Hicieron con Víctor un aparte. Luego él vino a hablar conmigo. Ulises, que seguía sentado, se propinaba otro trago de cerveza. Aún no estaba borracho del todo, pero había llegado a ese punto en que cualquier cosa que dijera parecería una agresión.

–Oye, Jorge –dijo Víctor–. Me voy con Paula y María. Cuando puedas mete a Ulises en un taxi y que haga con su puñetera vida lo que quiera. Hablamos otro día.

–¡Qué coño es esto! –profirió Ulises–. ¿Os largáis? Vaya puta mierda.

Volví a sentarme. Ulises recompuso las caóticas piezas que se habían removido en su cerebro. Intuyó que la culpa de lo que había pasado era suya y que, como siempre, debería practicar alguna rectificación.

–¿Qué ha pasado?

–Que te has comportado como un patán.

–No, no hablaba de eso. ¿Qué ha pasado, Jorge? ¿Qué ha pasado con nosotros, con todos nosotros?

–Vámonos, Ulises.

Salimos del asador, esquivando las mesas abarrotadas de gente, las bandejas de pollo en movimiento, las bandadas de chiquillos corriendo y gritando por la lonja. Había anochecido y la brisa de una noche cálida nos sumió en una realidad distinta a la de aquel antro ensordecedor.

–Todo es una mierda –dijo Ulises.

Me había dado la espalda, pero al volverse de nuevo me sorprendió: tenía los ojos llenos de lágrimas. El alcohol a veces hacía de él un ser violento, pero otras veces lo convertía en una marioneta triste y sentimental.

–¿Recuerdas cuando ganamos el subcampeonato de cadetes? La federación llevó a los chicos a Madrid, con todos los gastos pagados. Nosotros alquilamos un autobús y…

–Ulises.

–… y jugamos la final. Joder, cómo se portaron los mapaches. Qué orgullosos estábamos de ellos. Fue aquel árbitro cabrón el que…

–Ulises, ¿tu hijo sigue viviendo en Canarias?

–Oh, sí, claro. Le va muy bien.

–Eso es estupendo, ¿verdad?

Atenazó la bufanda del equipo, se la pasó por la cara.

–Supongo que ahora vive en un lugar mejor, pero me gustaría verlo un poco más –susurró–. ¿Y tu hijo, Jorge? Siempre me pareció que el fútbol no era lo suyo.

–Por eso chupaba tanto banquillo.

Sonreímos los dos.

–Ha tenido suerte en el trabajo –continué–. Y sí, suele venir a casa. Londres no está tan lejos como parece.

–Me duele que hoy no viniera Carranza. Están cargándose lo nuestro. Javier antes no era así.

Fruncí el ceño y le miré.

–Claro que no era así, pero ahora Javier y su mujer no quieren saber nada de esto –repliqué, con mirada inflexible–. Les duele hablar de los mapaches, ¿no lo comprendes? Les recuerda a su hijo. Cometí un error al llamarles, cometí un maldito error. Javier me ha dicho que ya nunca vendrán. Y yo creo… bueno, yo también creo que esto debe terminar.

–Jorge, ¿qué estás diciendo?

Él miró hacia un lado, luego hacia el otro, como si una porción invisible del universo se estuviera derrumbando. Sí, algo se estaba cayendo, estrepitosa, ruidosamente, algo que mis ojos no llegaban a ver.

–Escucha, Ulises. No tengo problema en quedar contigo cuando quieras. Somos… hace tiempo que… Bueno, si algún día necesitas hablar con alguien, llámame.

No sé si comprendió mis últimas palabras, pero al menos no mostró ninguna resistencia. Me fijé en la vieja camiseta que llevaba. Las camisetas de los mapaches las encargamos hacía muchos años y ya solo Ulises conservaba la suya. En ella lucían los colores de nuestro equipo y sobre ellos el dibujo de un mapache, la caricatura humanizada de un animal tierno y sonriente, provisto de un gracioso antifaz.

Lo vi alejarse. Lo vi alejarse con gesto apesadumbrado, y la bufanda de los mapaches cargada sobre los hombros.

–Éramos un equipo, joder, éramos un equipo…

Y esas palabras tristes que, seguramente, Ulises rumiaba muchas veces, entonces las estaba pronunciando yo, en voz muy baja.

ESTACIÓN DE LA SOLEDAD

Balada de Rowena Trevanion

As the successor of the unforgotten Ligeia:
the fair haired and blue-eyed Lady Rowena Trevanion.

Edgar Allan Poe

Supongo que todo el mundo sabe de lo que estoy hablando, al menos la parte del mundo que ha enterrado algunos años, o muchos años, dentro de una oficina: esa pirámide de miedo y frustración, esa versión estilizada del presidio, esa superficie pulida, de madera o de mármol, bajo cuyo brillo se extiende un laberinto de pulsiones sucias y resentimientos mal llevados.

Hay oficinas donde cada día es un combate por la supervivencia y la venganza una práctica frecuente, pero hay otras recubiertas de una engañosa pátina de orden y de paz. En estas últimas los actos de violencia se urden con cuidado, se tejen y destejen a lo largo de los años; las agresiones se planifican con demorada frialdad. Y eso ocurre mientras atardece lentamente, sin que la paulatina retirada de la luz se acompañe con la simultánea retirada del odio y del cansancio. Las oficinas son junglas aunque no haya en ellas plantas exóticas, ni rápidos de agua cuya espuma rompa contra las rocas. Las oficinas son selvas, aunque no haya en ellas fieras de ojos rasgados, garras retráctiles y hambre atrasada. En las oficinas se afina el miedo discreto y silencioso que inspira la necesidad de seguir vivo, muy distinto a ese otro miedo que solo aflora cuando empieza a anochecer y tropiezas en la memoria con viejas equivocaciones, esas que duermen silentes en la agitación de la semana y que solo los domingos, por la noche, mientras llueve, se remueven un poco dentro de ti, como agónicos recuerdos que nunca acaban de morir. El miedo: los motivos que lo provocan pueden ser muy distintos, pero es el mismo miedo el que madura en todos los lugares, y por eso al final, entre los labios, el miedo siempre es miedo, el miedo siempre tiene el mismo aroma y siempre tiene el mismo sabor.

En mi oficina el tiempo reposaba anclado a costumbres establecidas: prolongados desayunos en la cafetería de la esquina, o visitas a la máquina que expedía agua, refrescos y barras coloreadas de azúcar industrial, envueltas en empaques de aluminio o polietileno. Era una oficina donde los calendarios estaban salpicados de esperanzas pequeñas: vacaciones, festividades, días de permiso, excedencias y libranzas. Lo cual no quiere decir que en ella los combates no existieran, sino que se practicaban de otra manera, con la misma indolencia con que se hacía el resto de las cosas: el miedo remitía en ocasiones y el tedio ocupaba su lugar. Si eras un poco decente, te preguntabas qué estabas haciendo allí.

Consuela recordar que entre nosotros la violencia adquiría modos tan abstractos que casi podrían confundirse con la colaboración: diminutas mezquindades, distracciones, omisiones o escapatorias practicadas al amparo de la mera cobardía. Nuestro servicio lo dirigía siempre algún político y yo había perdido ya la cuenta del número de ellos que había aterrizado en aquel triste habitáculo para hacer como que hacía y para terminar sin hacer nada: todos acababan enredados en nuestra narcótica maraña de días lánguidos e iguales. Allí malgasté una parte de mi vida del tamaño de una dentellada, un mordisco gigantesco que ya había afectado a los órganos vitales y destruido cualquier atisbo de esperanza. Aun así, procuraba no perder la perspectiva. Mi despacho tenía una ventana que daba a la calle y en invierno, confortado por la calefacción, contemplaba a los peatones. Los veía deambular, abrigados y encogidos. Costaba darse cuenta de que allá abajo, a la intemperie, había gente que se habría sentido a salvo en una oficina como la mía. En serio: había gente capaz de imaginarse a salvo en un lugar así.

En nuestro servicio gestionábamos planes de sensibilización medioambiental, financiábamos jornadas ecológicas y promovíamos acciones de gobernanza, emprendizaje y empoderamiento. Los pingüinos del Antártico y los embriones de osos Panda demandaban ayuda humanitaria, y el universo estaba cuajado de organizaciones no gubernamentales dispuestas a acudir en su socorro. Claro que para hacerlo necesitaban dinero gubernamental y el dinero lo dábamos nosotros, último apéndice de la abigarrada burocracia del gobierno. En sus declaraciones, los políticos que dirigían la oficina calificaban nuestro trabajo de «solidario». Pero los más ambiciosos, los que después tendrían carreras más brillantes, llegaban a desenfundar, no sin impudor, otro adjetivo aún más arriesgado: decían que nuestro trabajo era «hermoso».

El dinero siempre terminaba en manos de organizaciones sin ánimo de lucro, cuya dirigencia la componían hombres despeinados, barbirrucios, o mujeres desastradas, mal vestidas; organizaciones que se habían especializado en succionar con ferocidad los recursos presuntamente inagotables del erario público. La formalización de aquellos trasvases dinerarios culminaba en una rueda de prensa, atestada de periodistas y fotógrafos, en la que el político de turno daba cuenta de algún problema ecológico, zoológico, botánico, y expresaba la firme voluntad de juzgarlo intolerable y de acometer sin demora su erradicación total. El político, muy joven (nuestro servicio era un banco de pruebas para militantes que, en poco tiempo, serían llamados a más altas empresas), destilaba discursos trufados de términos mágicos, brochazos a veces sedantes, a veces excitantes, dirigidos a colorear con tintes dramáticos la triste realidad; de ahí los osos Panda, los pingüinos del Antártico, los cambios atmosféricos, la piel de los anfibios, la concha de las tortugas, la calidad del agua, quizás también su claridad.

Tanta bondad desordenada exigía que nosotros pusiéramos orden en ella. Con ese fin se habían inventado los expedientes administrativos. Las hileras de expedientes se retorcían como boas gigantes en los armarios del pasillo. Eran procedimientos de adjudicación de ayudas, largos itinerarios burocráticos. Los proyectos trazaban esos meandros retorcidos, tortuosos, que requiere siempre la contratación pública: memorias explicativas; presentación de candidaturas, proyectos y propuestas; certificaciones de crédito; autorizaciones de gasto; comisiones de evaluación; informes preceptivos y vinculantes; informes preceptivos y no vinculantes; resoluciones provisionales; plazos de impugnación; recursos de alzada, de reposición, de revisión; resoluciones definitivas, transferencias, informes de evaluación, liquidaciones. Los portentosos expedientes de otras épocas, atesorados en voluminosos archivadores de cartón, permanecían estancados en largas baldas metálicas. Con los nuevos tiempos, los archivadores habían dado paso a un intrincado laberinto de registros telemáticos, que almacenaban en ordenadores los expedientes más recientes. Ahora estos se multiplicaban no en la pornográfica obscenidad de legajos amontonados por doquier, sino en la discreción de equipos informáticos donde hay sitio para todo y, desde fuera, nada se puede ver.

Aquel día, Gonzalo Román, Gonzo, mi superior directo, entró con ímpetu en el despacho donde yo distraía los siglos y los minutos. Poseído por su estado de ánimo habitual (dicharachero, saltarín, impertinente) ejecutó movimientos convulsos. Parecía que estaba sacudiendo una sábana por el balcón o, a modo de entrenamiento, haciendo sombra, como un boxeador de los de antes. O parecía más bien que estuviera apartando por los rincones del despacho antiguas telarañas de sueño e inacción.

–¡Jorge! ¿Qué tal vas, mariconazo?

Me guiñó el ojo, como un rufián de barrio que se encuentra en la tasca de siempre con su cómplice.

Yo lo detestaba. Gonzo me miraba como si él fuera depositario de un secreto, como si supiera algo sucio e inconfesable sobre mí, algo quizás no muy importante: uno de esos secretos tontos que sobrellevamos los seres humanos en las dársenas del alma, en los húmedos pliegues del mamífero, pero cuya difusión nos daría más vergüenza que la de un secreto grave, un secreto realmente siniestro. Todos sentiríamos más vergüenza por la revelación de un pequeño vicio que por la de una auténtica maldad. La maldad, así pasen los siglos, mantiene intacto su prestigio.

Gonzo me miraba siempre así: con sorna, con guasa, con la superioridad de un bribón que ha decidido no delatarme y el precio que se cobra por su silencio es una sucia complicidad. Hacía de la picardía el exponente de una inteligencia cada vez más hipotética y repetía sin descanso chistes que quizás tuvieron gracia veinte o treinta años atrás, pero cuya recurrencia los había privado ahora de eficacia: chistes viejos, enmohecidos, fermentados, que ya solo contaban tipos como él. Gonzalo Román, Gonzo, no cejaba en el empeño de hacerse el gracioso. Siempre intentaba ser gracioso. Y nada hay más terrible que un ser humano empeñado en ser gracioso: está condenado a no serlo nunca de verdad.

–Tengo una buena noticia –dijo Gonzo, culminando la incursión.

¿Una buena noticia? No se puede descartar que alguna vez un jefe se acerque a ti con una buena noticia: lo que ocurre es que si él mismo la califica de esa manera ya ha desbaratado cualquier posibilidad de que lo sea para ti.

–Ana es profesora en la universidad, ¿recuerdas?

Sí, yo recordaba que la mujer de Gonzo era profesora en la universidad.

–Máster de comunicación –recordé–. Creo que me dijiste que daba clases en un máster de comunicación.

–Exacto. Ana tiene este año una alumna encantadora que prepara su trabajo de fin de máster. La chica está haciendo un estudio sobre el desarrollo de planes estratégicos en la administración pública.

–Qué interesante –musité.

–¿Verdad? –apuntaló Gonzo, esperanzado–. Y seguro que también recuerdas que nosotros tenemos en marcha nuestro plan estratégico.

Aquello, en cambio, no era tan fácil de recordar. Con esfuerzo, cavando en los fondos de la memoria, el plan estratégico apareció, extraído de una bruma fantasmal, entre vagos gemidos de seres de ultratumba. El plan estratégico se abrió paso oscuramente en mi conciencia, como un vestigio remoto anclado a la prehistoria: una lasca de sílex, una talla en el hueso de un mamut o el pequeño fragmento de un ánfora fenicia pulverizada hace siglos por las olas.

Recordé que hacía cuatro años, y bajo la férula de un político dinámico, optimista, que no duró medio mandato al frente del servicio, todos los empleados invertimos un número inconcebible de jornadas de trabajo en decenas y decenas de reuniones, dirigidas a detectar los males de nuestra organización, identificar fortalezas y debilidades, establecer cuadros de prioridades, someter a debate toda clase de propuestas, realizar consultas, encuestas y evaluaciones. Aquel ingente caudal de esfuerzos desaguó en la cloaca de un informe, un informe impreso en papel satinado, un informe bastante grueso que no leyó nadie jamás.

–El plan estratégico… –repetí entonces, achinando los ojos, divisando en lontananza algo improbable, como la reliquia de un santo medieval.

–Ana me ha pedido que ayudemos a su alumna en la culminación del trabajo de fin de máster. Quiere evaluar el grado de cumplimiento de un plan estratégico. ¿Qué te parece? Te reúnes con ella, se lo explicas y ya está.

–¿Ya está?

–Somos una entidad de interés social, Jorge. Estamos al servicio de la gente. Estamos abiertos a la sociedad. Gracias por tu ayuda.

Gonzo hizo uno de sus estúpidos guiños, mientras trazaba la sonrisa de un ladrón de poca monta, que acaba de eludir en el juzgado la prisión provisional.

–Además –continuó– la chica está muy buena. Es de esas mujeres que les gustan a los tipos como tú.

–¿Y ese comentario qué tiene que ver con el trabajo? –protesté en voz alta, pregunta que ocultaba mi verdadera y auténtica protesta: ¿y tú qué sabes qué mujeres les gustan a los tipos como yo?

Gonzo hizo un extraño movimiento con las manos, acaso amagando un juego malabar, y lo acompañó con un nuevo guiño de malicia. Sin más explicaciones, me dio la espalda y salió del despacho. Yo me quedé mirando la puerta, absorto, en suspenso, como se queda la gente ante el cielo por la noche, o ante la cadencia de las olas en la playa, o ante las hipnotizantes llamas de una hoguera. Hice lo que suele hacer la gente ante esas maravillas de la naturaleza, solo que, en mi caso, anclado a la estampa de una puerta de oficina.

Tras una sacudida mental, tomé el teléfono y marqué otra extensión.

–Hola, Arredondo.

–¿En qué puedo ayudarte, Jorge?

–¿Recuerdas nuestro plan estratégico?

–Claro, ¿te refieres a nuestro Plan Estratégico 2010-2013 o a nuestro Plan Estratégico 2014-2017?

–Me refiero a nuestro plan estratégico actualmente vigente.

–El plan 2014-2017. Lástima que no sea el anterior: es el que ahora mismo estoy viendo en una balda del despacho.

–¿Y el posterior? Seguro que está en alguna parte, también, el posterior.

–Miraré en el armario. ¿O prefieres que te envíe una copia digital? Por cierto, ¿por qué no lo tienes?

–Porque nunca me ha hecho falta. Jamás lo he utilizado. ¿Y tú?

Arredondo no contestó.

–Veré qué puedo hacer –continuó–. Seguro que lo tengo por aquí. Espera, se me ocurre algo mejor: pídeselo a Rowena. Ya sabes lo ordenada que es.

Cierto, yo no había pedido el documento a la ordenada Rowena Trevanion, pero tenía una buena razón para no hacerlo: queda ridículo, cuando un jefe te pide un documento, recurrir a su propia secretaria para conseguirlo. Claro que luego consideré que la búsqueda del Plan Estratégico 2014-2017 sería también una buena excusa para volver a hablar con ella, para estar con Rowena una vez más.

La secretaria de Gonzo era una chica delgada y pequeña. Hacía tiempo que me había fijado en su melancólica mirada, en su nariz arregazada, en su sonrisa de dientes blancos y brillantes, cuyo moderado desorden no dejaba de tener el encanto de la belleza casual. Los labios carnosos eran lo único realmente obsceno que había en ella. En mi imaginación, Rowena se parecía a las adolescentes de los cuentos de Poe: bellísimas, tuberculosas, moribundas.

–¿Señorita Trevanion?

Me gustaba tratar a Rowena con trasnochada ceremonia. A ella le parecía divertido: era una amanerada y deliciosa trasgresión. Creo que si Rowena hubiera sabido que yo la trataba de ese modo completamente en serio se habría molestado. Mis relaciones con las mujeres venían contaminadas por aquellos malentendidos: a ellas les parecía gracioso cuando yo decía algo retrógrado o solemne, supongo que porque consideraban imposible que se pudieran decir en serio las cosas que tan en serio solía decir yo.

–Hola, Jorge. ¿Cómo va todo?

Sus ojos no eran azules, eran grises: pero de un gris anormalmente claro. Era como si hubieran mirado la nieve y la nieve se hubiera quedado reflejada en ellos para siempre. Yo podría vivir con Rowena en un invierno eterno, abrazados en la confortable estancia de una casa de campo, en cuya chimenea crepitara un fuego acogedor.

–Necesito una copia del Plan Estratégico 2014-2017, señorita Trevanion.

–¿El plan? Oh, vaya, hace siglos que no lo he visto.

Rowena se levantó con diligencia. Era bajita, pero tenía el encanto de las mujeres bajitas que mantienen un donaire adolescente, el resabio de la primera juventud: parecía que Rowena era pequeña porque aún estaba en edad de crecer. Sentí la incómoda sensación de que me gustaba algo prohibido.

Se precipitó a los armarios, en busca del arduo documento.

–¿Lo quieres en papel?

–Casi mejor –contesté–. Tendré que leerlo entero.

–Vaya, recuerdo que eran cientos de páginas: llegué a verlo una vez.

Rowena Trevanion buceó en los glaciares de papel que descendían desde la cumbre de sus armarios, donde se amontonaban tomos encuadernados, archivadores, memorandos y folletos, tanto más pesados, sucios y acartonados cuantos más años tuvieran. Una de las ventajas de la informática es que nos ha librado de la presencia acusadora de toneladas de documentos perfectamente inútiles. Ahora, en los ordenadores, se siguen multiplicando los documentos perfectamente inútiles, pero al menos no se ven.

Rowena regresó de su ardua expedición con una sonrisa entre los labios. Blandía un mamotreto: había encontrado el plan. Era el contento de la joven arqueóloga que ha dado con los restos arcaicos de una civilización.

–Qué profesional más eficiente, señorita Trevanion.

–Jorge… –Y sonrió, desorientada, como una chica de colegio que no sabe administrar un halago imprevisto.

Me habría gustado decirle algo más: lo bonita que era, por ejemplo, el modo en que sus ojos iluminaban la oficina y la redimían de tanta oscuridad. Pero esas cosas no se suelen decir. O no se dicen así. O no saben decirlas los hombres como yo.

Yahaira Tiffany Velásquez era dominicana. Tenía piel tostada, larga melena rizada, y mostraba la irresistible sensualidad de una mulata joven de blanca dentadura, ojos encendidos y cuerpo que rebosaba por todas partes, comprimido en tallas de ropa visiblemente insuficientes. Observé que al sentarse su culo encajaba con dificultad en los reposabrazos de la silla.

Comprendí, en los prolegómenos de nuestra conversación, que Yahaira Tiffany Velásquez recitaba su nombre de pila el completo (Yahaira Tiffany) y que si me atrevía a abreviarlo (Yahaira), en una operación combinada de economía verbal y naturalidad de trato, ella se sentía muy molesta, de modo que tuve que rectificar. Después, Yahaira Tiffany me explicó que emprendía el trabajo de fin de máster, que sentía auténtica pasión por sus estudios y que, además, estaba muy contenta disfrutando de nuestro lindo país.

Sonreí por cortesía, mientras reflexionaba sobre el modo irreparable en que se fragmentan los idiomas: Yahaira Tiffany decía *lindo* sin asomo de ironía, como si fuera una palabra seria. E insistía en el uso del usted, tan común en América, mientras que en nuestro país la gente se empeña en suponer, erróneamente, que todo hablante es un cómplice, un colega o por lo menos un compañero de celda.

–Me gustaría evaluar el grado de cumplimiento del plan estratégico de su organización.

–¿El grado de cumplimiento? –repetí, ganando tiempo.

–Sí, claro, el grado de cumplimiento. Ustedes pusieron en marcha un plan estratégico y supongo que después habrán evaluado el grado de cumplimiento.

Comprendí mi nuevo error. Había pedido a Rowena el Plan Estratégico 2014-2017, actualmente vigente, pero solo sería posible hablar del grado de cumplimiento del plan anterior, el plan 2010-2013.

–Mi objetivo sería consultar ese valioso documento –continuó Yahaira Tiffany–, porque sin duda habrá sentado las bases para la elaboración del nuevo plan.

–Sin duda.

–Entonces, ¿puede facilitarme el primer plan estratégico y el posterior informe de evaluación? Me gustaría examinarlos.

–Por supuesto.

–También me habría gustado realizar una entrevista al señor Román, pero él ya me adelantó que su agenda es muy apretada. De todos modos, dijo que no me preocupara, que usted podría dar cumplida cuenta de los resultados del plan.

–La agenda del señor Román es inenarrable –confirmé.

–Bien, páseme, cuando sea posible, el primer plan estratégico y el informe de evaluación.

De pronto aquel deseo, formulado con la vaguedad que impone la buena educación, vino acompañado por la incómoda sensación de estar recibiendo una orden. Lamenté no poder facilitarle en aquel mismo momento los valiosos documentos, pero prometí hacérselos llegar. Después me levanté. Yahaira Tiffany alzó también su culo del asiento, un culo de evocación neumática, quizás de propiedades flotantes, comprimido hasta entonces entre los reposabrazos de mi silla para las visitas.

Cuando ella se fue, volví a sentarme, tomé el teléfono y, enfadado, golpeando con ímpetu las teclas, marqué una extensión.

–¿Gonzo?

–Dime, querido Jorge.

–¿Alguien se molestó en evaluar el Plan Estratégico 2010-2013?

–Er... No lo sé, Jorge.

–¿Y qué demonios se hizo con él?

–Las medidas establecidas en el plan estratégico fueron implementadas de forma puntual.

–¿De forma puntual?

–De forma transversal... de forma prospectiva... Coño, Jorge, esto se parece a un interrogatorio. ¿No puedes ayudar a esa pobre chica? Te estoy pidiendo un favor.

–Es que tengo que decirle algo, algo verosímil.

Yo esperaba de Gonzo algún gesto de complicidad, pero él permaneció en silencio, como si por primera vez en su vida renunciara a ser gracioso.

–Gonzo, no hay nada por escrito sobre eso, ¿verdad?

Sentí al otro lado del teléfono un vago suspiro, que vendría acompañado de un encogimiento de hombros: las cosas son así, la vida es limitada, el mundo es imperfecto.

Colgué.

La petición de Yahaira Tiffany Velásquez, estudiante de postgrado, no revestía ninguna gravedad, pero la vergüenza ajena y la vergüenza propia convergían ante la expectativa de un nuevo encuentro con ella. Por mucho que enturbiara los pozos del lenguaje, por mucho que retorciera entre las manos los alambres de la lógica componiendo con ellos ingeniosas figuritas, no iba a ser agradable comprobar cómo una estudiante constataba, al final, que nuestro servicio gastaba mucho dinero en la elaboración de planes perfectamente inútiles, planes de prosa abstrusa, presuntuosa, economicista, que explicaban las facturas de consultorías externas pero que nadie iba a leer jamás. Llamé entonces a Arredondo: era mi última esperanza.

–Arredondo, tú fuiste el coordinador del último plan estratégico.

–Te aseguro que sí. Y gracias a eso no apareceré en las reuniones del siguiente. Yo ya he librado.

–¿Recuerdas si el trabajo se inició con algún documento previo? Gonzo no ha conseguido aclarármelo.

–¿Documento previo?

–Te pregunto si, con motivo del Plan Estratégico 2014-2017, se evacuó algún informe de evaluación del Plan Estratégico 2010-2013.

La expresión *evacuar un informe* señalaba a Arredondo que yo estaba hablando en serio.

–Tengo muy presentes las palabras de los asesores de la empresa consultora –se defendió–. Adoptamos una perspectiva dinámica e inclusiva. Se optó por un modelo flexible y participativo, atento a las necesidades sobrevenidas, y dirigido a la aplicación de las medidas en virtud de una escala progresiva, alejándonos de toda burocratización, de todo formalismo. Apostamos por el desarrollo de una estrategia de I+D+i, focalizada en aspectos prácticos y no difuminada en disquisiciones teóricas. Un planteamiento audaz, atrevido, importado de las democracias más avanzadas, que materializó la evaluación de nuestro trabajo mediante la implementación de nuevas políticas y la generación de una nueva cultura organizacional. Ese fue, básicamente, el criterio adoptado.

–Arredondo.

–¿Sí?

–¿Alguien escribió algo?

–No.

Los planes eran graves textos litúrgicos elaborados tras meses de penitenciales reuniones, pero nadie sabía qué ocurría después. Los planes descansaban al fondo de los armarios, en los intestinos de los ordenadores, como si el minucioso encuadernado de esos documentos no fuera el principio de algo sino su terminación.

Aquella tarde me dejé ver por el despacho de Rowena. Ya lo había hecho otras veces: descendía planeando, como un ave rapaz con las alas extendidas que se deja llevar por las corrientes de aire caliente y ejecuta círculos cada vez más pequeños sobre su próxima pieza. Pero no me engañaba: la sonrisa de Rowena no era una invitación a las maniobras de cortejo; era la sonrisa blanca e inocente de quien solo intenta ser amable.

–¿Encontraste por fin el documento de evaluación, Jorge? –me preguntó.

–Ha sido una búsqueda inútil, señorita Trevanion.

–Eh, deja de llamarme señorita.

–Ya sabes que me gusta.

–Es como vivir en otro tiempo.

–De eso se trata.

–¿Sabes? El jueves que viene proyectan en el polideportivo municipal un espectáculo de luz y de sonido.

Un «espectáculo de luz y de sonido». Uno de esos reclamos gratuitos que arracima a la gente en plazas, avenidas o pasarelas. Pensé que Rowena no solo era bajita sino que, en efecto, estaba todavía en edad de crecer.

–¿Le gustaría ir a verlo, señorita Trevanion?

–Sí, me gustaría –me miró, con la complicidad de quien acepta seguir un juego–, pero para llegar a tiempo tendría que llevarme algún gentil caballero.

–Ese gentil caballero podría ser yo.

–No lo des por seguro –sonrió, con malicia–. Tengo muchos pretendientes.

Los ojos gris ceniza de Rowena Trevanion. Su piel pálida, casi tan pálida como la tiza. Parecía un ser de otro planeta. O una de esas mujeres mágicas y extrañas que aparecen en los sueños, en los libros, en las películas antiguas, pero nunca en las oficinas, en los bares, en los supermercados.

Saqué el móvil y consulté mi agenda: el jueves por la tarde tenía la entrevista definitiva con Yahaira Tiffany Velásquez.

–Escucha, Rowena, quedamos el jueves. Tengo antes una reunión de trabajo, pero será bastante corta.

–Habrá que llegar pronto, Jorge, para coger buen sitio.

Odié en aquel momento los espectáculos de luz y de sonido que organizan los ayuntamientos con todo el dinero que les sobra. Odié las agendas culturales de radios y periódicos que publican estas cosas. Odié el tiempo libre de los niños y de los prejubilados. Odié a los concejales de cultura y la socialdemocracia.

–Llegaremos a tiempo, no lo dudes –tranquilicé.

–Y no dudes de que no pienso perdérmelo –amenazó.

Aquello sonaba al ultimátum de una hembra, según las complicadas ceremonias de cortejo que difunden por la tele los documentales naturalistas. Supuse que aguantar un estúpido montaje, en medio de una multitud apretada de niños y de viejos, no era un peaje demasiado oneroso por estrechar relaciones con Rowena.

–Tiene mi palabra de caballero, señorita Trevanion.

–Bah –exclamó ella, dándome la espalda y volviendo a su ordenador–, ya no hay caballeros como los de antes.

Lo malo es que tenía razón.

El jueves, en mi despacho, esperaba inquieto la llegada de la estudiante de postgrado para emprender cuanto antes la entrevista y terminarla cuanto antes también. Pero ocurrió lo que suele ocurrir en esas ocasiones: Yahaira Tiffany Velásquez tardó más de media hora en presentarse. Lo cierto es que cuando por fin apareció no interpuso disculpa alguna ni mostró ninguna turbación. Llegó con una gruesa carpeta donde portaba, dijo luego, los borradores de su trabajo de fin de grado, algo de bibliografía sobre comunicación corporativa y los planes estratégicos que yo le había enviado, para que se empapara a fondo de nuestra cultura institucional.

–Bienvenida, Yahaira Tiffany. Me temo que es algo tarde.

Miró el reloj y puso gesto de infinita sorpresa. Sus cejas negras, finas, bien perfiladas, trazaron un doble arco de estupor. Llevada por cierto nerviosismo, abrió las alas de cartón de su carpeta y empezó a distribuir papeles encima de mi mesa.

–Bien, vamos a examinar la evaluación del grado de cumplimiento del Plan Estratégico 2010-2013, documento necesario para emprender la elaboración del plan subsiguiente, que ustedes llevaron a cabo.

Como era previsible, y a pesar de haber pasado tantos días intentando apuntalar mi argumentario, yo había llegado a la reunión sin una excusa convincente. Sentados a la mesa, permanecí en una pose estatuaria, esperando que ella dijera algo y me permitiera tomar posición sobre el tablero.

–Señor Jorge, ¿tiene usted el documento?

El invariable recurso al usted de los latinoamericanos lo hacía todo más difícil: ni siquiera podría recurrir a la falsa complicidad con que nos tratamos aquí, y que llena el lenguaje de hipócritas coartadas, coartadas que, desde lejos, parecen amigables sin serlo.

–No obra ese documento en mi poder, Yahaira Tiffany, pero aún más: usted no podría encontrarlo en la oficina.

Ella permaneció en suspenso y luego continuó.

–¿Quiere decir que no lo tienen en papel? Imprimamos una copia, si no le importa.

–No quiero decir que no haya una copia en papel, es que no existe el documento.

En el mundo burocrático no es necesario debatir si las cosas son verdad o son mentira. Las cosas siempre son mentira. Y la apariencia de verdad viene determinada por la convicción con que se formula cualquier frase, por fantástica que sea.

Entonces experimenté una iluminación: recordé las palabras de Arredondo. Me levanté de mi silla y apoyé las manos sobre la mesa. Me acerqué levemente a Yahaira Tiffany y, como ella permaneciera sentada, se vio en una cierta inferioridad ante mi altiva presencia. Además, aquel día me había puesto corbata: más que un funcionario parecía un consultor.

Amparado en semejante autoridad, y haciendo un uso ventajista de mi edad (ella era, al fin y al cabo, una joven estudiante) decidí no solo salvarme de la quema sino salvar también de ella a nuestra institución.

–Se trata de una nueva dinámica organizativa, señorita Velásquez, que busca la implementación de modelos basados en la participación activa, la corresponsabilidad y la cocreación –enuncié.

–¿De veras? Entonces, ¿forma parte de la estrategia no evaluar la estrategia?

–También a nosotros nos costó interiorizar ese nuevo paradigma –concedí–. Lo importamos de Escandinavia, tras un intenso viaje de trabajo. Visitamos varios servicios de cooperación de sus ayuntamientos más importantes. Es admirable cómo hacen allí las cosas, siempre desde una perspectiva de género, energías renovables y sostenibilidad. La sostenibilidad, de hecho, es la clave del proceso. Conviene no incidir en la deforestación del planeta mediante la irresponsable impresión de más informes de evaluación.

Embriagado, seguí hablando de aquel modo, como poseído por la fiebre, como alterado por el virus que me hubiera inoculado un mortífero insecto tropical. Yahaira Tiffany había empezado a tomar notas en una libreta, lo cual no hizo más que estimular mi verborrea. Jamás me he sentido más seguro que dictando aquellas imaginaciones y comprobando cómo una mujer atractiva las transcribía con docilidad sobre el papel: sentí una excitación casi sexual. Por fortuna, en algún momento conseguí cerrar aquel irresistible torrente de palabras que amenazaba con inundarlo todo. Yahaira Tiffany, con su letra grande y redonda, había llenado la libreta intentando reproducir mis complejas indicaciones. Aturdida, revisó sus notas, como si en ellas se contuviera un gran designio, una tarea ímproba, un objetivo sobrehumano.

–Bufff… –resopló–. Qué adelantados están ustedes. A mi país le falta todavía mucho para alcanzar su nivel.

Hubo algo de melancolía, que no supe cómo enmendar, en aquel comentario. Una culpabilidad colonial, casi esclavista, ensombreció mi verborrea. Pero conseguí sobreponerme y sostener mis palabras, que no solo parecían tener algún sentido, sino que adoptaban el asombroso aspecto de la verdad, de una verdad etérea e inasible: el aspecto de verdad que adoptan las mentiras cuando circulan por el mundo.

Acompañé a Yahaira Tiffany al ascensor. Le deseé mucha suerte con el trabajo de fin de máster y, a continuación, le deseé mucha suerte con su vida en general. La vi perforar el ascensor con su culo portentoso, que había venido embutido en un pantalón de malla blanca y dejaba entrever, al otro lado, un tanga como un mero cordón, un tanga que circundaba aquel océano de miel densa y oscura. Yahaira Tiffany se despidió de mí con una abierta sonrisa, impresa sobre su piel de ébano brillante, y yo correspondí con el movimiento cortés y desmayado de la mano, que señalaba una despedida para siempre.

No pude quitarme de la cabeza la imagen de aquella malla blanca, aquel culo de contorno planetario. Fui al cuarto de baño y me masturbé. Después de eso, la realidad recobró, como suele, su aspecto pacífico, neutral, casi asexuado, que solo con el paso de las horas volvería a teñirse de libido y ansiedad. Ahora los altos sentimientos, los ánimos corteses, aleteaban con fuerza en mi interior, de modo que pensé acercarme al puesto de Rowena y llevarla al espectáculo de luz y de sonido que proyectaban por la noche en el polideportivo municipal. La entrevista con la estudiante dominicana se había prolongado en exceso. Llegaríamos muy justos de tiempo, pero llegaríamos, en todo caso. Me sentía animado, casi eufórico, y persuadido de que, tras haber salvado una situación comprometida en el trabajo, yo también tenía derecho a mi vida personal.

Para ir más cómodo empecé a quitarme la corbata, pero mientras deshacía el nudo me acerqué a la ventana del despacho y miré hacia el exterior. Paralizado, me encogí: vi a Arredondo, vi a Arredondo, por primera vez en toda nuestra vida, fuera de la oficina. Abría gentilmente la puerta de su coche y Rowena Trevanion entraba en el asiento del copiloto. Después, dando unos saltitos, los ridículos pasos de baile que ejecutan algunos individuos cuando se las prometen muy felices, Arredondo rodeó el coche por detrás, comprobó que el maletero estaba bien cerrado, escondió sus ojos en la máscara de unas gafas de espejo, se sentó al volante y puso el motor en marcha.

El coche se alejó, llevándose a Rowena lejos de nuestra oficina, llevándosela a un espectáculo de luz y de sonido, llevándosela, más tarde, a algún lugar mejor.

–Pero, pero, señorita Trevanion… –murmuré.

Tras un momento de parálisis, mis manos empezaron a moverse de nuevo, con lentitud mecánica, con rutinaria resignación. Y entonces el nudo de la corbata, casi sin esfuerzo, se deshizo.

Un lugar mejor

Elegía en el metro, cada mañana, una mujer de la que enamorarme. Y como, por aquello del trabajo, debía viajar en metro al menos dos veces al día, dos veces al día también me enamoraba, y me enamoraba con el desamparo de los que saben que su amor, su verdadero amor, será intenso y fugaz, desesperado y no correspondido.

El teléfono. Me asombraba el empeño con que todas las personas, recluidas día a día en los vagones del convoy, dejaban la conciencia prendida del teléfono. Tecleaban compulsivamente, con un pulgar, con dos pulgares, como si nada existiera alrededor y las plantas de sus pies marcaran el contorno de una isla mínima, extraviada en medio de un océano de agua helada y corrientes oscuras. Llevaba años tomando la misma línea y nunca me resigné a esa inclinación de todos por abstraerse del pesaroso universo y refugiarse en una máquina. Era un intento vano de escapar de su suerte. Pero nadie puede escapar de su suerte: la suerte ya está echada para todos los pasajeros de ese vagón de metro que rompe la madrugada en busca de la próxima estación.

Sentía curiosidad por las vidas ajenas, a las que examinaba con la precisión de un cirujano. Las imaginaba con menos crueldad que compasión. Pero yo no era un observador al margen, yo no era un naturalista británico del siglo XIX que examina en la distancia a ciertos aborígenes y se siente a salvo de sus mitos y supersticiones: yo era un pasajero más. Mi suerte era la suya. La de los aborígenes. Mi suerte era la de todos.

El vertiginoso transcurrir de los vagones, la confusión de esperanzas y de bolsos, de paraguas y de próximos despidos, configuraba cada día una representación de exactitud documental, perfilada con el detalle de un cuadro hiperrealista. Todos aquellos rostros dormidos y cansados, todos aquellos cuerpos cercanos e intangibles, no los volvería a ver jamás. Coincidir con ellos en el metro era un milagro trivial, pero era un verdadero milagro. Horas antes, la probabilidad de que aquella escena se hiciera realidad en todos sus detalles habría sido infinitesimal: el hombre de rasgos andinos, chamarra roja y anillo de oro, que se agarra a la barra con una mano hinchada; la chica que en el asiento delantero lee un libro de autoayuda e imagina un mundo mejor otorgando a los peces y a los insectos sentimientos morales; el hombre de traje y corbata que tose más de lo debido (lo cual sería importante si él, en fin, nos importara) y viaja acompañado de un maletín repleto de catálogos y muestras comerciales. Encontrarse en ese vagón, a esa hora, sentados así, vestidos así, todo habría sido, un siglo antes, un día antes, algo casi imposible. Después, la llegada a una nueva estación, la entrada de nuevos pasajeros, la salida de otros tantos, deshacían el posado y formaban otro distinto, tan improbable y tan efímero como había sido el anterior. Biografías incompatibles, tejidas a lo largo de las décadas, convergían en el mismo vagón; sujetos procedentes de lejanos continentes o del pueblo más cercano ocupaban asientos consecutivos, posaban sus manos sobre la misma barra o miraban con la misma indiferencia el gráfico que describía las líneas, las correspondencias, los intercambiadores, el nombre de cada uno de los nudos de aquella red tentacular. La deriva del viaje volcaba un nuevo grupo de pasajeros en la siguiente estación. La composición coral se deshacía y personas de distintas razas y religiones, que portaban auriculares inalámbricos, mochilas de lona, llaveros, preservativos y cánceres aún no diagnosticados, personas con muchos años o pocos días de vida por delante, se separaban para no volverse a ver jamás. La rutina impedía constatar ese prodigio mínimo, ese capricho de la azarosa realidad. La realidad: aceptamos su sentido del tiempo, sus dimensiones, su sistema de pesos y medidas, pero solo porque no somos capaces de imaginar ninguna alternativa. Es imposible concebir otro universo, otra tabla periódica, otra combinatoria de causas y de efectos, otras leyes físicas, distintas a esas que explican en nuestro mundo la termodinámica, la tristeza, la gravedad.

Elegía en el metro, cada mañana, una mujer de la que enamorarme. Y mientras la amaba en secreto, a escondidas, sentía ya la pena de saber que nuestro amor iba a desaparecer después de unos minutos, cuando se abrieran las puertas y ella se fuera del vagón y de mi vida para siempre.

A pesar de la impunidad con la que podía enamorarme, no elegía viajeras demasiado atractivas. Elegía chicas de modesta belleza; escuálidas más que delgadas; de nariz algo prominente; de mirada triste y melancólica, a veces de mirada atormentada. Chicas pálidas, con manos de niña y uñas cortas. Chicas de nudillos encarnados que se aferraban con resignación a los tubos plateados o al respaldo de un asiento. Chicas con gafas. Siempre, o casi siempre, chicas con gafas.

Me gustan las chicas con gafas. Una chica no especialmente atractiva, que viajaba sentada, en el vagón, delante de mí, sacaba del bolso un libro. A continuación, colgaba de su rostro unas gafas y empezaba a leer. Después de mirarla una vez, contaba hasta diez, hasta veinte, hasta cincuenta, antes de mirarla de nuevo: no quería incomodarla con una atención obsesiva y pertinaz.

Entonces el metro llegaba a una nueva estación. La chica cerraba apresuradamente el libro, lo metía en su bolso, se ajustaba la bufanda y el gorro de lana, y salía del vagón a toda prisa, con las gafas prendidas aún de su mirada, dando encarnadura a sus blancas mejillas de escayola. Ella nunca sabría que, por diez o quince minutos, en un frío martes de invierno, en la trama diaria del suburbano, en medio del tráfico intratable de tristes trenes y de vagos vagones, un corazón anónimo le había pertenecido, mientras su propietario fingía desinterés mirando por la ventana.

Salí del metro y pasé por la pastelería que había cerca de casa. Compré un bollo de mantequilla, un bollo que empaquetaron con la delicada profesionalidad de siempre. Llovía con violencia, así que fue un alivio encontrar pronto refugio en el portal.

–Hola, señor Jorge –se le ocurrió.

–Hola, Svetlana.

En el portal de nuestra vieja casa, la luz se encendía aún con un interruptor, pero Svetlana, la vecina del tercero izquierda, me había identificado antes de que yo pudiera hacerlo.

Era una mujer eslava de nariz más bien pequeña, busto voluminoso y piel pálida, mórbida, del color de los huesos o de las figuras de marfil. En el ascensor practicaba una amabilidad locuaz, exuberante, desusada entre nosotros. Reciente viuda de Domingo Becerra, don Domingo, Svetlana repintaba de luz, con su acento suave y almibarado, las paredes ásperas e ingratas del verbo vasco, donde nadie se saluda, ni se despide, ni entrega a través de las palabras un solo gramo de cariño o de mera urbanidad.

–¡Señor Jorge! –Qué empeño en aquel constructo–. ¿Cómo está Eva?

–Mucho más animada. Gracias, Svetlana.

–Espero verla pronto –terminó.

Me despedí, salí del ascensor y abrí la puerta de casa. En la cocina, me quité los zapatos y la gabardina mojada. Mantuve el paquete entre las manos y crucé el pasillo hasta la habitación del fondo. Abrí la puerta con cuidado. El interior estaba oscuro y frío como un sepulcro.

–Eva, ¿cómo estás, Eva?

A tientas, me acerqué hasta el borde de la cama y me senté.

–Te he traído un bollo, Eva, uno de esos bollos que tanto te gustan.

Ni un rumor entre las sábanas.

–¿Quieres probarlo?

A veces se oía una respiración profunda, que asomaba desde el fondo de un bulto oscuro y encogido.

–Te lo dejo aquí, Eva. A lo mejor luego sí quieres.

Retiré el papel del paquete y dejé sobre la mesilla la pequeña bandeja de cartón.

–No quiero… –se escuchó.

–¡Eva! Eva… ¿Cómo estás?

–No quiero nada.

Sentí sorbidos, gemidos, una respiración, un susurro sordo y confuso.

–Tranquila, Eva. Me voy al salón, ¿de acuerdo? Estaré viendo la tele. Si quieres algo no tienes más que llamar.

Me levanté sin hacer ruido. Di unos pasos y, moviendo la mano en la oscuridad, encontré el pomo de la puerta. Al salir volví a cerrarla. Eva quería que la puerta siempre estuviera cerrada, completamente cerrada, que no hubiera una sola rendija por donde pudiera entrar la luz.

Por las noches, exhausto, triste, veía la televisión: películas antiguas y olvidadas, en un canal de pago dedicado a antiguos mitos del cine. A veces no seguía del todo el argumento: eran imágenes en blanco y negro que se iban sucediendo en la pantalla, como el rito tántrico e insistente de alguna religión repetitiva, en la que las letanías, las oraciones, se prolongan de forma mecánica y ritual. Tarde o temprano, me quedaba dormido. Me despertaba de madrugada, tiritando. Las imágenes de la pantalla eran ya de otra película. Me levantaba y me dirigía, con torpeza, al cuarto más pequeño, distinto a aquel en el que Eva dormía. En ese cuarto más pequeño había una cama para mí.

Hacía tiempo que Eva y yo dormíamos en cuartos distintos. Recordaba cómo y cuándo empezó a romperse todo: Eva, acostada a mi lado, abrazada a su almohada, como si le hiciera falta una persona. Y esa persona no fuera yo.

Elegía en el metro, cada mañana, una mujer de la que enamorarme. Las chicas bajitas y delgadas, de gafas sobre una nariz algo prominente y gorro de lana y guantes para el frío, leían diccionarios filosóficos, manifiestos trotskistas, o repasaban los apuntes de un próximo examen al cuerpo de correos o al servicio de salud. Imaginaba una vida a su lado, al calor de sencillas aficiones: las visitas a museos diocesanos de ciudades de la Meseta; los paseos en invierno por las playas cantábricas; tardes para vaguear, abrazados, oyendo música y tocándonos el cuerpo debajo de una gruesa manta a cuadros; cumpleaños de madres viudas o de sobrinos pequeños, a los que acudiríamos con todo nuestro amor excedentario; el capricho de besarnos decenas de veces con los labios apretados, haciendo un ruido agudo y tonto, como en un juego de niños.

Me enamoraba de sus gafas, de su piel pálida, de sus rodillas frías adivinadas más allá de unos vaqueros. Me enamoraba de forma tan estúpida que comprendía la verdad: que aquella absurda imaginación, enamorarse en los vagones de metro, es aceptar, de puro imposible, que la vida ha terminado.

Abrí la puerta con cuidado, como si el mínimo sonido de una bisagra, de un picaporte, pudiera interpretarse como una perturbación. Avancé unos pasos y cerré la puerta tras de mí.

–¿Has tomado la medicación?

No hubo ninguna respuesta.

–Ya sabes lo que pasa cuando no tomas la medicación.

De nuevo los sorbidos nasales, el rumor entre las sábanas, las lágrimas probables, presentidas.

–Necesito ir a un lugar mejor.

–Yo estoy a tu lado, Eva.

Noté que ella reprimía el llanto. Los sonidos de una nariz húmeda, obturada, la delataban.

–Está bien –respondí.

Al principio, como todas las parejas, Eva y yo forjamos nuestra particular mitología (los hotelitos baratos pero con encanto, las ventosas playas del Cantábrico en invierno, los modestos museos diocesanos de ciudades de la Meseta). No llevábamos mucho tiempo juntos, pero ahora me parecía una eternidad. Al principio, en nuestros momentos más felices, ni siquiera fui capaz de descifrar, tan evidentes, las primeras señales.

–A veces tengo que tomar unas pastillas.

La información vino tras un beso.

–Claro –respondí.

Y nos volvimos a besar.

Eva se mudó a mi apartamento. Domingo Becerra, don Domingo, el viejo caballero, celebró verme acompañado. En el ascensor obsequiaba a Eva toda clase de trasnochadas y elegantes gentilezas. Don Domingo se casó poco después con una mujer de Europa oriental, bastante más joven que él. A partir de entonces se le vio feliz, pero su felicidad duró menos que la nuestra: el corazón de los viejos es un mecanismo delicado. Svetlana se vistió de negro y practicó un duelo público, ostentoso, bastante estrafalario para las contenidas costumbres que, incluso a la hora de dolernos, mantenemos por aquí. Al poco tiempo se desprendió de las telas oscuras y volvió a las blusas de colores vivos, a los pantalones ajustados, a las camisetas de mínimos tirantes. Lucía sus pechos generosos pero blancos, casi azulados de tan pálidos que eran, unos pechos que comprometían los movimientos de cualquiera si se encontraba con ellos, aparatosos, rebosantes, en el angosto ascensor del edificio.

Al tiempo que la vida de Svetlana reverdecía, la de Eva se iba marchitando en medio de una borrasca de nubes grises, tardes de lluvia o de granizo en las que se sentía triste y prefería no salir de casa.

–Eva, te traigo un bollo de la pastelería.

–Quiero ir a otro lugar.

Me sentaba otra vez al borde de la cama, lejos de ella.

–Ayer por la noche vi que te habías comido el bollo. Qué bueno, Eva. Tienes que comer un poco más, tienes que recuperarte.

Hizo como en sus mejores días: extender un brazo tembloroso, buscar a golpes el interruptor de la lámpara de la mesilla, dejar que aquella luz débil y amarillenta iluminara por fin la habitación y permitiera que nos viéramos el uno al otro. Se incorporó. Me pidió un vaso de agua. Corrí a la cocina en su busca y después ella bebió.

–¿Lo ves? –empecé, más animado–. Cuando tomas la medicación te encuentras mucho mejor.

–Irme de aquí –murmuró.

Me detuve, miré las esquinas de la habitación, buscando un asidero al que agarrarme.

–Este es tu sitio, Eva.

Entonces rompió a llorar.

–¿Crees que soy estúpida? –Envió una mirada enferma y rencorosa–. Sé que te acuestas con la viuda del viejo.

De pronto recuperó todas sus energías.

–Estoy enferma, no puedo darte lo que buscas. Por eso jodes con esa puta.

Me había pasado otras veces: cuando sentía el corazón oprimido, cuando el dolor invadía mi conciencia y enviaba algo parecido a la asfixia, me fijaba a modo de escapatoria en detalles mínimos, en cosas sencillas y concretas: el despertador de plástico amarillo, la persiana siempre echada, el sofá orejero que desde hacía meses se había convertido en una acumulación de camisetas, calcetines, bragas sucias.

Elegía en el metro, cada mañana, una mujer de la que enamorarme. Aquella tarde de viernes, de regreso a casa, me fijé en una chica más baja de lo normal. Llevaba una especie de poncho y unas gafas redondas, sin montura: las finas patillas verdes se fijaban en el cristal. Con qué cuidado habría que tratar aquellas gafas, para que no se rompieran. Con qué cuidado habría que tratar a una chica que se pone algo así. Entonces sonó el teléfono.

–Jorge.

–Hola, Ernesto.

–He hablado con Eva.

–Eva se está recuperando.

–Jorge, voy a traerla a casa.

–Es una locura. Ernesto, tú no tienes tiempo para ocuparte de ella.

–Mamá está bien –contestó–. Mamá puede cuidarla. Además, ambas se harán compañía.

–La cuido lo mejor que puedo –supliqué, casi llorando.

–Lo que has hecho está muy mal –terminó Ernesto.

Al día siguiente ya había preparado una bolsa con las cosas de Eva: la ropa, los enseres de aseo, la abundante medicación. Conseguí que se duchara, que bebiera un zumo de naranja. Esperamos en la cocina la llamada de Ernesto. Ella estaba sentada, encogida, mirando al suelo.

Más tarde, en el coche, Ernesto y yo la acomodamos en el asiento de atrás. Después metí la bolsa en el maletero. Ernesto y yo nos miramos. Pensé decirle que mi infidelidad era una de las absurdas obsesiones de Eva, pero comprendí que no serviría de nada. Por alguna razón, cualquier palabra que yo dijera solo serviría para confirmar el delito, para hacerlo más grande, más infame. Extendí la mano y Ernesto, por fortuna, la aceptó.

–Le cuesta tomar su medicación –dije–. Sobre todo por la noche. Si lo intentas con zumo de naranja suele ser algo más fácil.

Ambos miramos el interior del coche. En la parte trasera, una forma oscura, pequeña, se ovillaba, ofreciendo a la realidad la menor superficie de contacto.

–Llamaré a Eva mañana.

–Llámame a mí –respondió Ernesto.

Le entregué un pequeño saco de tela que contenía algunas cosas íntimas, cosas que, en los últimos meses, recluida, Eva había dejado de utilizar: sus pequeñas gafas con montura de pasta rosa, sus gruesos guantes de invierno, sus dos gorros de lana, el verde, el amarillo.

Ernesto entró en el coche, lo puso en marcha e inició la laboriosa tarea en que se demoran los malos conductores a la hora de desaparcar, multiplicando las maniobras mínimas e inútiles. Yo miraba desde la acera. Después de interminables giros y movimientos, logró sacar el coche de la hilera y por fin se alejó, con lentitud, hasta perderse en medio de los ruidos, las calles y la gente.

La vida, como un tren de vía única, al que alguien te subió sin tu permiso, un tren que no puedes conducir, ni detener, ni demorar. La vida como un tren en el que viajas profundamente solo, recluido en un vagón donde hace frío, pero albergando la esperanza de que, a pesar de todo, te lleve a un lugar mejor.

Quedaba todo el día por delante. Temía ese momento en que el atardecer empezara a disolver la luz y me encontrara en casa, viendo películas en blanco y negro, pero, por primera vez en mucho tiempo, sin sentir la presencia de Eva en el dormitorio principal. Cabizbajo, entré en el portal y llamé al ascensor. Cuando abrió sus puertas, me di de bruces con Svetlana. Allá asomaban, otra vez, su sonrisa de dientes grandes y ordenados, su piel pálida, azulada, su pecho intimidatorio como un arma.

–¡Hola, señor Jorge!

–Hola, Svetlana.

–Qué día más bonito, ¿verdad?

Niños jugando a la guerra con pistolas de verdad

Me sentía cansado, estaba resacoso, tenía bastante sueño, pero a lo largo de la última semana Aurelio me había llamado diez veces, doce veces, quién sabe cuántas veces. Y quién sabe, además, de qué es capaz un hombre enamorado (un hombre realmente enamorado) cuando necesita algo de un hombre como yo.

Aurelio consiguió arrancarme una cita. Me dejé llevar por un gesto, quizás malentendido, de piedad. Además, la cita tendría lugar en el momento más inoportuno. Era sábado, invierno, estaba anocheciendo, me esperaba un autobús a la mañana siguiente y yo había disfrutado del almuerzo epilogal con los organizadores de un congreso de literatura, en compañía de colegas y periodistas. Las jornadas, en aquella ciudad castellana, habían sido demasiado largas, y demasiado largas, por tanto, las conversaciones con escritores, críticos, docentes, doctorandos y otras subespecies del sistema editorial.

Había aprendido a concertar acuerdos y alianzas con mis colegas, pero no a ilusionarme con la ingenua expectativa de encontrar entre ellos nuevos amigos. Alumbrar una amistad siempre es posible, pero a partir de cierta edad gastar energías en su busca supone un rasgo de inocencia que nadie se debe permitir. Mi esperanza se reducía ahora a disfrutar de una tarde íntima y recogida. En los congresos me gustaba arrancar algunas horas para callejear a solas o para leer acostado en la habitación del hotel. La pegajosa insistencia de Aurelio había impedido que dedicara a esas cosas mi última tarde en la ciudad.

Aurelio era un hombre enamorado: ese animal escaso e infrecuente, ese mamífero en peligro de extinción pero que milagrosamente consigue, generación a generación, alumbrar nuevos ejemplares y perpetuar su estirpe innominada. El hombre enamorado es un ser extraño, incapaz de comprender los nuevos tiempos, los viejos tiempos, las cartas de navegación, las señales de tráfico, las leyes de la gravedad, las instrucciones de uso, las reglas de supervivencia.

Las súplicas de Aurelio, sus mensajes desesperados, a lo largo del congreso, solicitando un encuentro a solas, me habían llevado por fin a transigir: cuántas llamadas telefónicas, antes de las jornadas, desde que supo que yo iba a acudir a su ciudad, y luego los tropiezos recurrentes en el palacio de congresos, pidiéndome una cita, un encuentro privado, para hablar de algo importante. Decidí resistirme a cualquier ampliación del margen ya concedido a la misericordia. Bien, Aurelio, quedamos. No importa, Aurelio. De nada, Aurelio. En la cafetería del hotel. No, no tengo demasiado tiempo. Trabajo atrasado, sí. En el hotel, Aurelio, quedamos en el hotel. No, por favor, gracias a ti.

La comida de despedida del congreso y la siguiente sobremesa desembocaron en la previsible refriega de náufragos literarios acostumbrados a resolver el mundo a golpes de alcohol y egolatría. Los que al principio nos habíamos mostrado en ferviente comunión recordando sentencias de Franz Kafka o Marcel Proust, disentíamos después recordando las bombas atómicas americanas o los campos de exterminio comunistas. Son esos momentos, un tanto incómodos, en que los lectores de raza y todos los escritores (sean de raza o no) dinamitan los puentes que para ellos construyeron, siglos atrás, Cervantes o Nabokov, Chesterton o Melville. Después nos despedíamos, entre corteses y amables jeribeques, con una cínica amabilidad prendida de los labios y dispuestos a lamernos las heridas más tarde, en la acogedora intimidad.

Tras los duros intercambios de índole intelectual, subí a mi habitación y comprobé que quedaba menos de una hora para la cita con Aurelio. Lamenté a destiempo, como siempre, la ingesta del alcohol que ahora corría por mis venas, a cuenta del marxismo-leninismo, la economía de mercado, la teología de la liberación, el cambio climático o la avaricia de la banca global. Ya no podría quitarme todo aquello de encima con una siesta reparadora. Maldije mi obstinación por debatir, mi absurda facilidad para involucrarme en toda clase de combates dialécticos mientras pedía al camarero otra copa. El alcohol, dosificado, agudiza el ingenio. El problema es que casi nadie lo sabe dosificar. Esa diminuta estupidez resume el universo o, al menos, el rincón del universo en el que vivo. Yo era el típico escritor que se enfanga en violentas escaramuzas políticas y llega a su refugio soñoliento, embotado, vulgarmente borracho. Entonces, el típico escritor, si aún le queda una brizna de lucidez, se promete el envío de mensajes privados a algún colega, para recomponer las relaciones dañadas. Y al hilo de ese gesto responsable, el típico escritor recuerda, de repente, su cita con Aurelio en la entrada del hotel.

A falta de tiempo para otra cosa, me di una buena ducha, que es la liturgia que utilizo para inaugurar una nueva secuencia en el teatro de mi vida y olvidar la anterior. Después bajé al vestíbulo, pero Aurelio aún no había llegado. Fueron pasando los minutos, abandoné el vestíbulo y me dirigí al bar del hotel. Ya había terminado mi café solo doble cuando él, por fin, apareció.

Aurelio llegaba irritantemente tarde, habida cuenta de que el nuestro era un encuentro que él había pedido con empeño y yo concedido con clemencia. Al verlo me vinieron un par de imágenes a la cabeza: sus preguntas sugestivas, complejas, sobre el acto de escribir, formuladas en distintas presentaciones de libros y en distintas ciudades. Aurelio llevaba años siendo un tenaz lector de mi obra, un dinamizador de toda clase de actos culturales, un recurrente anfitrión en clubes de lectura y talleres literarios. Administraba una tupida red de actividades en distintas ciudades de la Meseta, donde las librerías, los salones de actos, los palacios de congresos se convertían en hogares hospitalarios, nidos acogedores en los que hablar sobre literatura mientras en el exterior un viento helador azotaba las avenidas de árboles desnudos y dejaba constancia de la crudeza del invierno castellano.

Aurelio era un hombre amable, de maneras corteses, cuyos cuarenta y cinco o cincuenta años, por alguna razón dramática que yo desconocía, le hacían parecer mucho mayor. Su delicadeza llegaba al extremo de no haberme pedido nunca que leyera sus escritos. Ni siquiera me había revelado que escribía, aunque yo sabía que aquella confesión iba a llegar tarde o temprano. Y yo deseaba intensamente que me gustaran sus relatos, sus poemas, sus diarios, y poder decírselo, más tarde, con la misma calidez con la que él siempre me trataba. Yo apreciaba a Aurelio, aunque no lo consideraba mi amigo, y por eso, caso de que no me gustaran sus textos, tampoco tendría valor para decírselo. No estaba dispuesto a herir a Aurelio en ningún caso. Quizás por eso respiraba con alivio cada vez que, al despedirnos, no me llevaba bajo el brazo un manuscrito. El modo en que Aurelio analizaba mis relatos, su minucioso seguimiento de la literatura contemporánea, sus comentarios, sus breves y melancólicos silencios, eran los típicos de un escritor inédito, secreto, cuyo sentido de la discreción y la elegancia aún prevalecía sobre la ambición y el egoísmo. En eso, los escritores inéditos, secretos, son mucho más refinados y mucho más decentes que nosotros, los escritores profesionales, que hace tiempo perdimos, por distintos motivos, todo sentido del refinamiento, la elegancia y la moral.

Hubo algo aún más perturbador que cruzó por mi cabeza antes de que él se sentara a la mesa, una idea fugaz pero inquietante: realmente, yo podría haber sido Aurelio y Aurelio podría haber sido yo. Habrían bastado unos pocos giros, pequeños, y la mayoría de ellos fortuitos, en nuestras respectivas biografías, para que hubiéramos intercambiado los papeles. Esa certidumbre me inquietaba. Además, ambos nos parecíamos bastante: la mirada cansada, el cabello en preocupante retroceso y, sobre todo, un prematuro envejecimiento que nos hacía parecer mayores a lo que éramos en realidad. Dos hombres maduros que se demoran en esa equívoca estación de la vida que precede a la vejez. Aún no son viejos, pero ya no tienen tiempo para dirigirse a un lugar mejor, se saben a las puertas del tramo más oscuro del camino y el tramo final del camino, mal que nos pese, se resuelve en una innegociable oscuridad.

Al margen de esas semejanzas, Aurelio había decidido, y yo aceptado, que entre ambos existiera una relación de jerarquía, lo cual nos situaba en escalones diferentes de la pirámide literaria, cuya cadena trófica y leyes inderogables ambos conocíamos de sobra: yo había publicado una docena de títulos y él no. Sin explicitarlo jamás, con fatal resignación, Aurelio atribuía a esa circunstancia una prelación fundamental. Pero qué equivocado estaba: yo sabía que por haber publicado algunos libros no ocurría absolutamente nada, que la vida era la misma, que los días acababan siempre igual, que ninguna bibliografía salva a un ser humano de sí mismo. De entre todas las mentiras que apuntalaban mi existencia, ninguna era tan grotesca como la pulida exposición que asomaba en las solapas de mis libros: tejía mi biografía profesional con sumo cuidado, pero sabía que, en el fondo, nada o casi nada tenía que ver con mi verdadera vida, con el transcurso irremediable de mis días y mis noches. Las notas de las solapas son el retrato fraudulento de un ser humano que se dice escritor, fraudulento porque en su vida personal la literatura pesa bastante poco, desde luego mucho menos de lo que le gusta imaginar.

–Hola, Jorge. Gracias por haber aceptado la cita.

Aurelio llegó tocado con una gorra de dibujo escocés, una gruesa bufanda y un abrigo de vuelo. Dejó esas cosas en el respaldo de otra silla y luego se sentó. Su gratitud desencadenaba los crueles efectos de la cortesía cuando esta viene acompañada por la subordinación: confirma las jerarquías y despoja al que las acepta de todo recurso defensivo.

Algunas palabras de trámite nos distrajeron. Las jornadas de literatura contemporánea han sido interesantes, sí. Muy interesantes, sí. Tu ponencia sobre todo. Gracias, Aurelio. Sí, sí.

Recordé las sesiones en el palacio de congresos y la presencia persistente de Aurelio, siempre al fondo de la sala, recogido, discreto, esperando el turno de preguntas para formular algún comentario estimulante, matizado, como dando pie para que el ponente pudiera permitirse un lucimiento adicional.

Aventuré entonces el motivo de aquella cita: seguro que Aurelio había reunido las fuerzas suficientes para confesarse escritor, entregarme un manuscrito, solicitar que lo leyera y pedirme, cuando fuera posible, mi sincera opinión. Pero no ocurrió así. Después de felicitarnos por la buena marcha del congreso, hubo una breve pausa y Aurelio introdujo, de forma inopinada, la verdadera cuestión.

–Lorena.

–¿Sí, Aurelio?

–Lorena. Deja en paz a Lorena, Jorge. Por favor, déjala.

Jamás imaginé que un ser humano pudiera llegar tan lejos: pedirme, por favor, que dejara a Lorena, que dejara de encontrarme con ella en secreto, que dejara de elaborar cuidadosas componendas para pasar algunas horas a su lado en alguna habitación de algún hotel. Rememoré un viejo dolor de espalda, me arrellané en un asiento que de repente se había vuelto incómodo, recompuse con las manos el sobrecito roto de azúcar del café, como buscando perpetrar algún tipo de huida por las puntas de mis dedos, una huida que pudiera conducirme muy lejos de allí.

–Ayer Lorena terminó la noche contigo, estoy seguro. Llegó a casa casi al amanecer. –Miró hacia alguna parte, pero luego reunió fuerzas y su mirada regresó–. Y sé, además, que no ha sido la primera vez.

Siempre había pensado que el marido engañado resulta un personaje humorístico, divertido, casi despreciable. Ese es el arquetipo costumbrista, pero el hombre que estaba delante de mí no tenía nada de divertido. Aurelio asumía una versión especialmente dramática de valor: la de quien no esconde una verdad que le lastima. Comprendí que mentir no serviría de nada. Negar lo que él sabía sería una acción perfectamente inútil, pero sería, sobre todo, la demostración de mi desprecio. Y no, yo no despreciaba a Aurelio.

–Por favor, déjala –repitió–. Sé que ella no representa nada para ti.

Aquello me molestó. Me ofendía que la constatación de una infidelidad se acompañara con una sesión de cirugía sobre mi alma. Pero no podía indignarme porque, de nuevo, aquella afirmación también formaba parte de la verdad.

–Por favor, déjala, Jorge.

Siempre he detestado el poder. No hablo del poder político: detesto el dramático poder ejercido en la familia. Detesto el poder sentimental, el poder que permite a una persona ejercer su soberanía sobre otra, el imperio mezquino que practican las madres sobre hijos modestos y obedientes, la violencia del macho pendenciero que tiñe de terror las paredes de una casa; detesto, sobre todo, el poder ilimitado que ostenta una persona amada sobre la persona que la ama: ese es el poder más radical, más intratable, que ha existido jamás sobre la Tierra.

Nunca había asistido tan de cerca a aquella situación: un hombre suplicando, un hombre enamorado suplicando.

Me sentí mal, como el niño que simula distraerse con un juguete que no le gusta, como el hombre que esgrime un arma peligrosa y que además no sabe manejar.

–No sé cómo decirlo, Jorge: te pido que dejes a Lorena.

Me hubiera gustado decir a Aurelio la verdad, me hubiera gustado decirle: mira, Aurelio, yo no quiero problemas, yo solo quiero rodear con mis labios los pezones de Lorena, emprender una mercenaria exploración para saborear otra vez sus dientes y sus labios, organizar una lenta cartografía de su cuerpo antes de eyacular dentro de ella o encima de ella. No quiero su vida, ni sus sábados, ni sus toallas, ni su despertador. No quiero competir contigo por las noches exhaustas de sus días laborables ni por la épica imposible de acudir a un cine de barrio o a un restaurante chino. No quiero destrozarte la vida, Aurelio, porque no quiero quedarme con la vida de Lorena. Soy un viejo asombrado por haberse dado de bruces con una oportunidad, seguramente la última oportunidad. Presiento que ya no habrá ninguna otra y esa certeza lo hace todo aún más excitante, algo que jamás compartiré con nadie y que quedará plegado con cuidado en algún cajón de mi memoria: un recuerdo apesadumbrado, un recuerdo quizás también culpable, nada más.

Me hubiera gustado decirle todo eso, pero no lo hice. Nadie dice toda la verdad. Ni siquiera una parte importante de la verdad. La verdad es un regalo amargo que uno solo puede permitirse con los auténticos amigos. Y aun así dudo de que incluso a ellos se les entregue la verdad completa, la verdad pura y redonda. Nadie dice toda la verdad. Nadie lo hace así. Nadie lo hará jamás.

En medio de mi absorto silencio, Aurelio seguía suplicando.

–En serio, ¿no vas a decir nada? –terminó.

Bajé los ojos. Mucha gente habría despreciado a Aurelio, pero yo lo admiré porque añadía una segunda verdad a la primera: yo me acostaba con Lorena, pero su marido demostraba, de algún modo, que era mejor que yo. Permanecí embozado, sin revelar ni una sola de las sombras que acosaban mi conciencia. Aguanté el tirón de ver desparramada, delante de mí, tanta sinceridad, como si alguien hubiera volcado un cubo de basura y toda clase de residuos sentimentales se hubieran extendido por el suelo. Pasaron unos minutos, pasaron con desesperante lentitud. Unos pocos minutos, en silencio, se parecen a la misma eternidad.

Aurelio interpretó como una respuesta mi obstinada resistencia a responder. Inclinó la cabeza, resopló reuniendo nuevas fuerzas y, por fin, se levantó. Ya no le quedaba otra opción que recoger su ropa de invierno y abandonar el lugar. Había jugado una carta trágica, arriesgada, y había perdido otra vez. Me di cuenta de que era un poco cargado de hombros, y que el cansancio de los años pesaba sobre él con algo más de crueldad que sobre mí. Tenía mi edad, pero el tiempo le había hecho más daño. Recordé que en alguno de nuestros encuentros me dijo que había sido futbolista profesional, que había jugado en un equipo de segunda división. Pocos reconocimientos recibe en sociedad un escritor, pero hay que admitir que, al menos, un escritor envejece mejor que un deportista.

Debes mirar a una persona varias veces para fijarte bien en ella. Aurelio era cargado de hombros, sí, sus brazos demasiado largos para tan corta estatura, y sus ojeras excesivas en un varón que apenas ha cumplido los cincuenta y que aún tiene tiempo por delante para seguir fracasando. Con cincuenta años aún tienes tiempo por delante para seguir fracasando, así organices congresos de literatura en ciudades de la Meseta, así hayas publicado una docena de libros de pasta blanda y tirada misteriosa, que nunca se hace pública por discreción, o por vergüenza.

Aurelio salió de la cafetería del hotel tras algunas indecisiones ante la puerta giratoria, cuando estuvo a punto de arrollar a una anciana turista, aunque después rectificó y le cedió el paso. A continuación, con respetuosa y cívica paciencia, esperó que entrara una mujer con dos niños pequeños. Por fin salió y su sombra amarilleó bajo la indecisa luz de las farolas, hasta que desapareció en medio de la cellisca.

Anochecía. Me sentía muy cansado. Debía despedirme, por tercera o cuarta vez, de una ciudad mesetaria a la que siempre volvía a presentar mis libros, una ciudad de tamaño medio, con buenas autovías, pero sin aeropuerto; una ciudad con bares luminosos y demasiadas iglesias; una ciudad donde las noticias de política internacional parecen tranquilizadoramente remotas; una ciudad confortable, aburrida y soñolienta; una ciudad que podría ser el trasunto de mi alma, si tuviera el valor de mirar al fondo de ella.

Subí a mi habitación y, acostado, intenté leer. No era demasiado tarde, pero el cansancio iba a vencerme. Pronto me atraparía el sueño y me dormiría mucho antes de medianoche. Yo suelo dormir poco; si lo hago demasiado pronto eso me garantiza estar despierto a una hora muy temprana, quizás a las cinco o seis de la madrugada. Cada vez que eso ocurre, al despertar, me encuentro conmigo mismo, en ese espejo sin azogue que es la conciencia desnuda, acostado en la habitación de un hotel, en medio del silencio oscuro de una ciudad más bien pequeña, más bien triste, una ciudad confortable, aburrida y soñolienta. Y entonces me miro a los ojos, en el espejo, sin saber muy bien qué hacer, ni qué decir, ni siquiera si es posible tomar un tren a otro lugar.

ESTACIÓN DE LA MENTIRA

Arantxa

A Eduardo, María, Carlos y Ángeles

Eugenia y yo conocimos a Thomas y a Yolanda en nuestro club, uno de esos clubs deportivos que determinan la calidad de su clientela mediante cuotas exorbitantes: si coincidías allí con alguien, poco podrías avanzar acerca de su carácter, pero mucho acerca de su patrimonio personal.

Aquella mañana de sábado, Eugenia y yo acudimos al club a jugar un partido de tenis. Cuando llegamos a la pista que nos habían asignado encontramos en ella a una pareja desconocida: estaban desenfundando sus raquetas y haciendo ejercicios de calentamiento. ¿Quién tenía derecho, entonces, a la maldita pista? Compartimos la sorpresa con buen humor y evitamos las muestras de fastidio. Muchas personas procuran ser educadas ante los desconocidos, pero hay algunas que, además, sienten el irresistible deseo de agradar. Nos dimos cuenta enseguida de que aquella pareja resultaba muy simpática. Así y todo, estaba claro que había habido un error a la hora de asignar las pistas, de modo que Eugenia propuso que fuéramos a quejarnos a recepción.

–Eh, eh, chica –dijo el desconocido–. Me llamo Thomas, Thomas Hardtmann. Soy alemán, como señala mi apellido, aunque mi forma de hablar castellano parece del mismo Carabanchel, ¿no te parece?

Nos reímos.

–Llevo aquí toda la vida… Ah, y ella es Yolanda, Yolanda Pérez. Pero si le echas un vistazo de arriba a abajo parece más alemana que yo, ¿no estás de acuerdo, amigo?

La verdad es que Yolanda era una mujer rubia, alta, atlética. Thomas era más bajo que ella y su tez de un moreno claro, neutro, que podrían ostentar con la misma verosimilitud algunos nativos de Alemania y algunos nativos de Nápoles, Atenas o Estambul. Y sí, su acento era el de un español, un español cualquiera del centro de la península.

–Hola. Pues nosotros somos Jorge y Eugenia, y…

–¡Ey! –me interrumpió Thomas–. A ver, ¿hay desafío o no hay desafío? ¿Jugamos un partido de dobles? ¿Qué os parece?

Eugenia y Yolanda se miraron, sonrieron, asintieron.

–Bueno –resolví yo– un desafío hispano-alemán, si Pérez accede a defender el bando contrario.

Esa fue otra oportunidad para cómplices sonrisas.

El partido no alcanzó proporciones épicas. Eugenia y yo no jugábamos bien al tenis, ni siquiera estoy seguro de que nos gustara hacerlo, pero andar o correr nos aburría y lo que teníamos claro es que debíamos practicar algún deporte. Éramos cuarentones, con estudios universitarios, buenos trabajos y cierto poder adquisitivo. Eso, hoy día, comporta el deber moral de invertir parte del tiempo libre en el cuidado del cuerpo. Y no, el tenis no era lo nuestro, pero el deber de simularlo sí.

En el equipo contrario, las cosas no eran muy distintas. A lo largo del partido, me fijé en que Yolanda Pérez jugaba con estilo, aunque el resultado de sus golpes era poco efectivo. Daba la sensación de que no había jugado mucho al tenis, pero sí que había visto muchísimos partidos desde la grada o por televisión. Ejecutaba saltitos compulsivos mientras se preparaba para responder a la bola de saque y componía un convincente perfil de tenista profesional cuando devolvía de revés o remataba. Yolanda no jugaba bien, pero para llegar a una pelota patinaba largos tramos sobre la tierra batida. Explotaba esa habilidad con insistencia, segura de que, aunque perdiera la mayoría de los puntos, su buen estilo alentaba la impresión de que los había ganado moralmente.

Thomas Hardtmann era el que peor jugaba de los cuatro, pero su buen humor, su desenfado, cautivaban incluso a unos recién llegados como nosotros. Entre punto y punto, hacía comentarios ingeniosos desde el otro lado de la pista. La frescura con que enviaba la pelota a las nubes o la estrellaba contra la red bastaba para evitar cualquier lamento. Me dio la sensación de que Hardtmann era un tipo tan torpe como seguro de sí mismo, bromista, alegre, consciente de su talento (cualquiera que este fuera) pero también de sus limitaciones, y que estas hacía mucho tiempo habían dejado de atormentarlo.

El partido terminó con nuestra victoria. Thomas y Yolanda la encajaron con buen ánimo y corrieron a la red para felicitarnos.

–¡Jorge! ¡Arantxa! Excelente partido. Bien jugado. ¡Enhorabuena!

Al conocernos, yo había pronunciado el nombre de Eugenia, pero fue entonces cuando Thomas guillotinó el protocolo de las presentaciones con la propuesta de jugar un partido de dobles. Ahora, la euforia de la victoria impidió que me apresurara a corregirle. Recogimos nuestras cosas y, según íbamos a los vestuarios, Yolanda comentó:

–La verdad es que el saque de Arantxa es muy potente. Resulta difícil de contestar.

Vi entonces que Eugenia quería decir algo, pero Thomas terció en la conversación.

–Debemos celebrar vuestra victoria como se merece. Si queréis, quedamos en el bar dentro de veinte minutos, ¿correcto, Jorge?

–Correcto –respondí.

Thomas guiñó un ojo.

–Pues allá nos vemos, Arantxa.

Supongo que aquel fue el momento clave, el momento en que debimos aclarar la confusión. O al menos poco después, en la cafetería del club, mientras Thomas paladeaba su cerveza helada y los demás nuestros vermús con hielo. Pero no lo hice, no lo hicimos. Por vergüenza, por desidia, por lo que fuera. Quizás desistimos como una pequeña venganza al comprobar que Thomas se empeñaba en acaparar la conversación, o quizás porque aquello suponía mantener un secreto entre nosotros, un pequeño secreto frente a dos extraños amables y divertidos que habían entrado con ímpetu excesivo en nuestra vida.

Las urbanizaciones delimitadas por recintos vallados y garitas de seguridad tienden a convertir a sus habitantes en miembros de una secta. A partir de entonces, Eugenia y yo trabamos una relación bastante intensa con Thomas Hardtmann y Yolanda Pérez. Cenábamos en restaurantes étnicos, donde nos divertía probar platos libaneses o vietnamitas. Jugábamos al tenis y acudíamos también a una bolera: allá, entre las ruidosas pandillas de muchachos, dos parejas de cuarentones rejuvenecíamos derribando bolos de forma compulsiva. ¡Ey, buen tiro, Arantxa!

La recurrencia de los contactos, las estimulantes y larguísimas tertulias, sirvieron para que nos conociéramos mejor. Yolanda trabajaba como fiscal en el Tribunal Superior de Justicia. Se responsabilizaba de las operaciones en contra del narcotráfico. Sus comentarios al respecto, siempre sometidos a la necesaria discreción, eran bastante sugestivos. En más de una ocasión recibió la llamada nocturna de un jefe de policía que informaba sobre la captura de un alijo en el aeropuerto o en algún polígono industrial. La conversación de Yolanda con su contacto siempre tenía el mismo interés principal: confirmar que todos los participantes en el operativo se encontraban a salvo. La fiscal desplegaba un rigor maternal sobre los integrantes de las fuerzas de seguridad que trabajaban a sus órdenes.

La vida de Thomas Hardtmann no era menos interesante: propietario de un ostentoso patrimonio («Sí, bueno, mis padres me dejaron algunas propiedades en Alemania, España y Argentina», manifestó, con pudor, en cierta ocasión) también gestionaba proyectos de cooperación en los países más áridos de la estepa subsahariana. Con el tiento de quien no busca gratuitos reconocimientos, pero con la naturalidad de quien ya no cree que deba disimular en público sus buenas acciones, Thomas explicó que la organización que dirigía colaboraba con Unesco y Unicef, y que eso le obligaba a sostener una agenda endiablada, llena de viajes intercontinentales y estancias en distintos países, estancias en las que se sucedían los hoteles de cinco estrellas, las tiendas de campaña, incluso los vivaques a la intemperie, al abrigo de una hoguera, mientras allá al fondo se escuchaba el rugido de animales carnívoros. Aquella faceta de su vida no estaba exenta de aventuras, peligros, conflictos diplomáticos. Thomas aderezaba sus relatos con las frases habituales («Levantamos escuelas, sí, pero te aseguro que yo aprendo de esos niños mucho más de lo que ellos podrían aprender de mí»), esas frases que convierten a un millonario sensible, abocado a cualquier discusión, en un ser moralmente invulnerable.

Eugenia y yo, obrando en justa correspondencia, hablamos de nuestras profesiones. Yo dirigía el gabinete de prensa de una compañía eléctrica, achicando agua de la nave cada vez que explotaba una crisis informativa. Esa era la vertiente interesante de mi trabajo, que se completaba con otras más aburridas, como redactar discursos al director general o corregir comas y acentos en el borrador de la memoria anual de la entidad. Eugenia explicó a nuestros amigos que daba clases en la escuela de turismo y que durante algún tiempo ostentó la dirección del centro, dejándose la piel en la tarea. Dirigir un centro universitario, dijo, era una labor tan exigente como ingrata, pero ella la había asumido con rigor y responsabilidad porque creía en la mejor formación de las nuevas generaciones.

–¡Cómo es la universidad de este país! Jamás se premiará lo suficiente a quienes estáis comprometidos con ella –protestó y remuneró sucesivamente Thomas Hardtmann.

–En serio, amigos, ese fue un momento duro de nuestra vida. El período de directora de la escuela supuso un enorme desgaste para Arantxa –insistí.

Eugenia me taladró con la mirada.

–¿Qué ocurre, Arantxa? –repetí, con una sonrisa.

Más tarde, cuando en coche volvíamos a casa, Eugenia se encaró.

–¿Por qué demonios has tenido que llamarme Arantxa?

Estaba muy enfadada. Pensé que me había equivocado, pero sentí el absurdo orgullo de defender la ocurrencia.

–Bueno, Arantxa, yo creo que...

–Cállate –protestó– Jorge, esto no me gusta nada. Hemos ido demasiado lejos. Debemos decirles de una vez que yo me llamo Eugenia, que todo es una equivocación y que nosotros... que nosotros, por vergüenza, por cinismo, ya no sé por qué, no supimos corregirlo a tiempo.

No podía resistirme. Eugenia tenía razón: debíamos encontrar alguna estratagema para deshacer aquel equívoco sin que quedáramos en ridículo. Cada día que pasara bajo la creencia, en Thomas y en Yolanda, de que Eugenia se llamaba Arantxa haría más complicada la ineludible aclaración. Pero iba pasando el tiempo y nuestro silencio adquiría el aroma de un cinismo descarado. Muchas cosas colaboraban en que el error se mantuviera: vivíamos en urbanizaciones distintas y no teníamos amigos comunes que pudieran confirmar o desmentir nuestras palabras. Yo sabía que debíamos aclarar aquella confusión, pero intuía, con depravada lucidez, que podríamos prolongarla sin vernos por eso en ningún aprieto.

Una noche, Thomas y Yolanda nos invitaron a cenar en su casa. El suyo era un chalet enorme y ostentoso, con ese punto de mal gusto que tienen las viviendas en las que se ha invertido demasiado dinero sin un patrón estético preciso. Aquello resultó un poco decepcionante, pero quizás era el desencanto necesario para no pasar de la razonable admiración a una devoción supersticiosa. En la mansión se multiplicaban las losas de mármol rojo, las macetas con pujantes plantas tropicales y los tibores policromados. Espectaculares colmillos de marfil, delicadamente labrados, lucían en aparadores y esquineras. Cuadros de diversos motivos, de escuelas muy distintas, incluso algunos de grosera ejecución casi industrial, colgaban por todas partes, infestaban las paredes, sin orden ni concierto. Una pequeña torre coronaba el edificio; allí Thomas Hardtmann tenía su estudio y dentro de él una formidable biblioteca, de la que habló sin cuidado, como llevado por una elegante modestia. La piscina cubierta se encontraba paredaña al ala sur de la vivienda. Nos enseñaron el complejo mecanismo eléctrico que permitía retirar la cubierta de cristal, como si fueran las piezas móviles del caparazón de una tortuga gigante, para disfrutar de la piscina al aire libre. Todo parecía demasiado nuevo, aunque Yolanda, atenta a nuestros pensamientos, comentó que habían hecho obras recientemente y que el personal de servicio emprendía cada día severas limpiezas en las dependencias y los jardines de la finca.

–Hace más de diez años que hicimos de esta casa nuestro hogar, aunque viéndola impoluta se confirma que somos unos obsesos de la pulcritud, ¿verdad, Yolanda? –Y Thomas se carcajeó.

Thomas y Yolanda no estaban casados; ella tenía un hijo de una relación anterior. Aquella noche el chico iba a cenar con nosotros. Había estudiado ingeniería en alguna universidad británica y trabajaba ahora en Nueva York, dentro de la división informática de una multinacional. Cuando lo conocimos no tuve la impresión de encontrarme ante un muchacho especialmente despierto, pero de aquello me distrajo una inesperada revelación.

–Carlos, mira, estos son nuestros nuevos amigos –dijo Yolanda–, una pareja estupenda con la que hemos hecho buenas migas: ella es Arantxa, da clases en la universidad, y él es Jorge, periodista. Jorge trabaja en el departamento de prensa de una compañía eléctrica, pero en sus ratos libres también es escritor.

Saludé a Carlos y extendí la mano, con el gesto franco y generoso de un verdadero novelista, cansado ya de firmar ejemplares en cualquier feria del libro. Eugenia abrió mucho los ojos. Nos miró a Yolanda y a mí, pero tampoco dijo nada.

Carlos era un joven amable. Dio a Eugenia besos en las mejillas y a mí un firme apretón de manos. Cenó aquella noche con nosotros y dijo que estaba muy contento porque había podido visitar a su madre después de casi un año. Llevaba una semana en casa, pero anunció que dentro de pocos días regresaría a Nueva York.

Cuando volvíamos a casa, Eugenia volvió a encararse conmigo.

–¿De dónde ha sacado Yolanda el cuento de que eres escritor?

–No lo sé, no lo sé… –respondí, entre gestos de leve protesta–. Eugenia, por favor, no es importante.

–¿Que no es importante? Yo me llamo Arantxa, tú eres escritor… ¿Adónde va a llevarnos todo esto?

Yo iba conduciendo, pero miraba a Eugenia al sesgo. Sentada en el asiento del copiloto, fruncía el ceño y clavaba sus bonitos ojos verdes sobre mí. Los ojos verdes de Eugenia cobraban una maligna belleza cuando se enfadaba de verdad.

–Esto se nos ha ido de las manos.

–¿Quieres decir que la culpa es nuestra? –gruñí–. ¿Qué tenemos que ver nosotros con sus estúpidas invenciones?

–Es culpa nuestra porque nunca los hemos corregido –contestó Eugenia–. Hoy mismo Yolanda te ha presentado como escritor y tú no has tenido el valor de decir nada. Escuchar algo así y permanecer luego en silencio es decir una mentira, una mentira como aceptar que me llamen con un nombre que no es el mío.

Pasaron las semanas y hubo nuevos encuentros con Thomas y Yolanda en restaurantes libaneses y vietnamitas, en las pistas del club de tenis, en las boleras de los centros comerciales. Por las noches, acostado, con las luces apagadas y los ojos abiertos, me preguntaba cómo habíamos permitido que todo llegara a aquel extremo. Una noche de lluvia tenue y silenciosa, en que las gotas resbalaban como lágrimas de luz por las ventanas del dormitorio, me sorprendí a mí mismo recitando, como si fuera una extraña oración:

–Arantxa… Arantxa…

En medio del silencio, las palabras pronunciadas en voz baja adquieren una insólita estridencia. Debí de repetir tantas veces la palabra que Eugenia, de pronto, despertó.

–Jorge, ¿qué ocurre?, ¿qué estás diciendo?

Parpadeé. Me pareció que regresaba de un lugar oscuro, de un trance diabólico y seductor al mismo tiempo, como esas veces en que uno se asoma a un abismo y siente el espantoso deseo de lanzarse al vacío.

–Perdona, Eugenia. No sé qué me ha pasado.

–Estás muy raro últimamente. Deberías tomar algo para dormir mejor. ¿Qué murmurabas?

–Arantxa –respondí– decía Arantxa todo el rato.

–Arantxa –repitió ella.

–Arantxa, sí. Arantxa… Arantxa es para nosotros el nombre que tiene la mentira.

A la mañana siguiente me levanté impetuosamente. Bajo el agua de la ducha, me hice a mí mismo una promesa: la próxima vez que estuviéramos con Thomas y Yolanda realizaría una solemne confesión. Imaginé la escena: Eugenia y yo, cogidos de la mano, intercambiando una mirada de complicidad, como para darnos fuerzas, y enfrentarnos a la perplejidad de nuestros amigos cuando oyeran, de repente, sin reparos, sin anestesia, la asombrosa verdad. Hilaba en mi cabeza una procesión de frases torpes como estas:

–Maldita sea, qué vergüenza tener que explicar esto. –Y quizás un violento movimiento de mandíbula, una risita de falsa confianza–. Pero, amigos… oh, mierda, ya está bien: Thomas, mi mujer no se llama Arantxa, ¿podéis creerlo? Mi mujer se llama Eugenia. Fue un despiste por tu parte cuando nos conocimos. Cuántas veces pasa lo mismo en las presentaciones, pero nosotros cometimos la estupidez de dejarlo pasar. Bastó la repetición de aquel error para que, de alguna forma, se hiciera irreparable. Y sí, Yolanda, yo trabajo de periodista, pero no escribo novelas. Jamás en mi vida he escrito nada que no sean notas de prensa, informes y discursos. Tú me oíste decir que escribía mucho en el trabajo, supongo que de ahí sacaste la idea de que soy escritor y después no rectifiqué. En fin, estoy avergonzado. Son mentiras ridículas y… bueno, quizás ni siquiera son mentiras: son enredos, son descuidos que…

Había salido de la ducha y prolongaba en mi conciencia aquella colección de escapatorias, aquella aparatosa letanía de explicaciones que debía desembocar, cuando me viera obligado a pronunciarla, en una embarazosa petición de perdón. Fui a trabajar, pero a lo largo de la mañana no dejé de pensar en ello. Comprendí que no habría manera de abordar aquel asunto sin experimentar un íntimo bochorno. La única incógnita sería comprobar cómo la recibirían, si Eugenia y yo seríamos para ellos una pareja de vulgares mentirosos, unos mediocres personajes que disfrutan sembrando confusiones de ese tipo. Thomas y Yolanda eran personas educadas: seguro que reaccionarían con mesura y elegancia, diciéndonos que sí, que bueno, que no pasaba nada, pero reservándose, con la misma elegancia, la firme decisión de dejar de vernos para siempre.

Decidí ahorrar a Eugenia el mal trago de vivir el desenlace de aquella comedia, de modo que esa misma tarde, cuando volvía en coche del trabajo, tomé una desviación. Me dirigí a la urbanización donde vivían nuestros amigos. Pensé en llamarles para anticipar mi llegada, pero comprendí que la confesión que debía realizar era tan absurda que adelantarla no disminuiría mi vergüenza.

Me interné en una ordenada cuadrícula de avenidas solitarias y tranquilas, y después aparqué a poca distancia del chalet. Desde allí se podía ver la torre que coronaba el edificio. Salí del coche y me acerqué a pie. Aún no había anochecido, pero era ese momento de la tarde en que los colores van perdiendo sus matices. Estaría a unos cien metros de la entrada cuando, de pronto, me detuve.

Vi una furgoneta sucia y destartalada, aparcada a la entrada del chalet. Yolanda Pérez, vestida con un chándal de colores chillones, iba metiendo en la zona de carga algunas cajas de cartón. No parecían pesar demasiado. Tampoco eran muchas. A su lado, de pie, Carlos fumaba compulsivamente y miraba en todas direcciones. Se abrió la puerta de la finca y apareció Thomas Hardtmann, vestido con un mono azul y tocado con una gorra blanca. Llevaba una bolsa de viaje y la lanzó también a la furgoneta. Cruzó con Carlos una mirada inquieta y clandestina. Luego el chico montó en la parte trasera y cerró con un golpe expeditivo la puerta del furgón. Yolanda ya esperaba en el asiento delantero y Thomas, después de meter un manojo de llaves dentro del buzón de la vivienda, montó en el asiento del conductor, puso el motor en marcha y dirigió la furgoneta a otro país, a otro lugar, quizás a un lugar mejor.

Una ráfaga de viento azotó mi cara y tuve la sensación de que despertaba de un sueño muy profundo. A medida que la furgoneta se alejaba, comprendí que Thomas Hardtmann y Yolanda Pérez abandonaban la ciudad, que partían para siempre, llevándose un fardo atestado de secretos, y que ya no habría oportunidad de pedirles perdón por nuestras mentiras, por nuestras pequeñas y ridículas mentiras.

Una isla sucia y olvidada

Fermín buscaba siempre amigos. Nunca los encontró. No había voluntarios, no había objetores al férreo decreto de exclusión dictado por la jauría, el partido, el municipio, la patria, el universo, en fin, la vida misma. Fermín estaba solo. Nosotros no. Pensándolo bien (o pensándolo, sin más), eso era bastante injusto, pero más injusto nos habría parecido que el habitante de la soledad, aquella isla sucia y olvidada, hubiera sido alguno de nosotros y no el pobre Fermín.

Daba un poco de pena verlo allí, vagando por los bares y las cafeterías del viejo malecón: un alma errante, un ser no tan desesperado como ausente, un fantasma melancólico y volátil. Fermín terminaba sentándose a la mesa de alguna terraza, bajo la cegadora luz de una tarde de agosto, y pasaba el tiempo bebiendo a cortos sorbos un botellín de cerveza tostada, mientras ponía las manos sobre el halda del pantalón vaquero, cruzaba una pierna sobre la otra (después de haber dejado en el suelo la sandalia) y entonces, con la mano contraria, se rascaba el pie desnudo, o exploraba entre los dedos, buscando conjurar algún picor imaginario.

Sí, daba pena el pobre Fermín, en el malecón, junto a la playa, en medio del bullicio veraniego, sumido en una suerte de horrible desamparo. Observándolo de lejos, yo me sentía un poco mezquino. Era el sentimiento culpable que nos invade cuando asistimos a la desgracia ajena y recibimos, junto al dolido aleteo de su infortunio, el mensaje cifrado de que, tan solo de momento, estamos a salvo de él.

En nuestros paseos vespertinos veíamos a Fermín apurando su cerveza. Divisarlo allá a lo lejos era también el mejor argumento para cambiar de rumbo y dirigirnos a cualquier otro lugar. Así y todo, superando prejuicios propios y ajenos, yo a veces me acercaba e intercambiaba con él unas palabras. Lo hacía a pesar de las amonestaciones de Lola, que jamás aprobaba aquellas muestras de blanda caridad.

–¡Fermín! –decía ella–. Ahí está Fermín. Vámonos, Jorge, vámonos antes de que nos vea.

–Espera –respondía yo– será solo un momento.

Aquellas extravagancias molestaban a Lola: para ella era una extravagancia cualquier cosa que se saliera de nuestra estricta normativa de pareja no casada pero estable, bien situada, dinámica y activa, una pareja de ideas avanzadas y diez años de vida en común, una pareja hastiada de viajar a los lugares más exóticos del mundo y que había cauterizado ya la herida (jamás revelada en sociedad) de que no podía tener hijos. Cuando me alejaba para saludar a Fermín, Lola alzaba las cejas, abría sus bonitos ojos garzos y componía con la boca un gesto adusto de contrariedad: sí, de entre mis manías, la de acercarme a saludar a Fermín era la más cómica de todas y quizás, por eso mismo, también la más perdonable.

–¿Saludar otra vez a Fermín, ese pobre diablo? Es un pesado, Jorge, y además está mal de la cabeza, ¡lo sabe todo el mundo!

Lola tenía razón. La mala suerte de Fermín había desembocado en un cuadro clínico del que teníamos algunas referencias: un catastrófico divorcio; una conflictiva relación con sus dos hijas, que habían decidido ignorarlo después de la ruptura familiar; un tormentoso despido laboral; por último, el regreso a casa de su madre, con las orejas gachas, como un soldado de fortuna que ha perdido todas las batallas y se esconde en el útero materno, derrotado por la suerte, por la vida, por el tiempo. Con el azote de los años, Fermín se había convertido en un cuarentón de lentos movimientos y cuyo sobrepeso era el producto de la falta de ejercicio, la cerveza tostada y la ingesta diaria de una fuerte medicación. Sobrevivía gracias al cobro de una pensión fundada, lo sospechábamos, en alguna alteración psiquiátrica de la que, por supuesto, nunca había hablado en público: si la gente refiere sin demasiados reparos los males físicos, con los que es fácil empatizar, no suele pasar lo mismo con la locura, la neurosis o la depresión, que mantienen en la sociedad contemporánea la reputación de la lepra en el Medievo. Si había ya buenas razones para marcar distancias con Fermín, su sonrisa nerviosa, su conversación errática, sus murmuraciones absortas en medio de la calle, no hacían sino añadir más razones para lo mismo.

Pero qué decir de mí: yo me imaginaba una buena persona, una persona que ante cualquier desdichado procuraba comportarse con amabilidad, quizás porque, en vez de despreciarlo sin más tramitaciones, sentía en mi interior el miedo de imaginar que, a lo mejor, de algún modo, algún día, yo también podría acabar en ese lugar tan triste, en esa isla sucia y olvidada denominada soledad.

–Lola –respondía yo– será solo un momento, en serio. Me da pena ese chico.

–Eso chico tiene casi cincuenta años –respondía ella, con el rencor de siempre–. Deja de decir tonterías. Te espero cinco minutos, ¿de acuerdo? Haz tu papelón de buen samaritano pero vuelve enseguida: nos esperan los demás.

Era violento desanudar mi mano, anudada a la de Lola, y mirarla en busca de algún gesto, ya que no de aprobación, al menos de paciencia, pero no solía encontrarlo. Volvía la cabeza y divisaba de nuevo a Fermín, su mirada baja y atormentada, su mano dando vueltas al botellín de cerveza tostada. Solo, siempre solo. Iba hacia él.

Fermín alzaba el rostro. Me dirigía una mirada alucinada, como si regresara de algún lugar lejano. Una sonrisa débil e inconcreta (inconcreta como suelen ser las sonrisas sin sentido) lograba conmoverme. Por supuesto, en esas ocasiones no me sentaba a su mesa; jamás cometería semejante imprudencia: intercambiaba algunas palabras, le entregaba unas migajas de consideración y huía después de allí, dando ágiles zancadas, en busca de todos los demás.

–Jorge… –respondía él a mi saludo, como si hubiera recibido un vaso de agua fresca en medio del desierto–. ¿Cómo van las cosas?

–Bien, Fermín, toda va bien. Hoy Lola y yo hemos quedado con algunos amigos. Vamos al nuevo asador del puerto deportivo.

–Vaya, qué bueno… –susurró.

–¿Hasta cuándo te quedas por aquí?

–Hasta que mi madre vuelva a la ciudad. Ya sabes, ahora vivo con ella.

–Sí, lo sé.

–Es una suerte poder vivir con tu madre, ¿verdad?

–Este… sí, lo es. Es una suerte.

Alzó la mano y mostró su teléfono móvil, a modo de ostentoso trofeo de caza.

–Ayer escribí un mensaje a una de mis hijas y ella me contestó.

–Qué bien, Fermín.

–Me contestó que no volviera a escribirla hasta el año que viene.

–Vaya…

–¿Qué crees que quiso decir con eso, Jorge? ¿El año que viene? Estamos en agosto. ¿No estamos en agosto? ¿Qué crees que quiso decir?

Yo miraba hacia otra parte.

–Perdona, Fermín, se me hace tarde.

Le entregaba unas migajas de consideración y huía después de allí, dando ágiles zancadas, en busca de todos los demás.

Según me iba alejando, sentía a mis espaldas el suave ronroneo de un perturbado que aún no había perdido la razón, pero llevaba camino de perderla. Regresaba al lugar donde había dejado a Lola y muchas veces ya no la encontraba: aunque hubiera pasado con Fermín unos pocos minutos, ella mostraba su disconformidad renunciando a esperarme y dirigiéndose al lugar en el que habíamos quedado. Y era allí, en el bar del club deportivo o en la cubierta de un yate, donde la veía de nuevo, charlando con los demás: Almudena, Cayetana, Jaime, Gonzalo… incluso Jaureguiberry, exitoso financiero, algo más joven que nosotros, que había hecho su primera aparición ese mismo verano y conseguido, en poco tiempo, el protagonismo que demandan las tres cosas que él lucía con soltura delante de nosotros: la belleza, el dinero y la novedad.

Por alguna razón que yo ignoraba, Juan Carlos Jauregui-berry había impuesto –o aceptado– que todo el mundo le llamara siempre por su apellido. No era un hecho casual. En una sociedad como la nuestra, gobernada por apariencias y ficciones, a lo mejor resulta una manera de distinguirse airear cierto apellido eusquérico, herencia de remotos ascendientes pirenaicos, en un lugar de veraneo donde todos se apellidan Gómez, García, Molinero o Sacristán.

El pueblo levantino vivía de la periódica migración a la costa de una ingente marea de familias acomodadas provenientes de Zaragoza, de Valencia o de Madrid, sobre todo de Madrid. Nuestro viejo grupo de amigos se había aquilatado en los prolongados veraneos de la remota juventud. Ahora el grupo funcionaba con la graciosa exactitud de un reloj de cuco. No estoy seguro de que la nuestra fuera una auténtica amistad, pero sí lograba aparentar alguno de sus convincentes sucedáneos. Dudo de que, en una difícil situación personal, yo pidiera ayuda a Jaime o a Almudena, a Cayetana o a Gonzalo. De hecho, Fermín era la mejor demostración de que, cuando las cosas iban mal, en aquel termitero nadie ayudaba nadie, y solo yo entregaba a aquel desdichado unas migajas de consideración, aunque huyera después de allí, dando ágiles zancadas, en busca de todos los demás.

Durante el largo invierno, en Madrid, nuestras vidas se separaban: apenas nos veíamos, confinados en la cuadrícula de trabajos y de horarios, pero también de fines de semana salpicados de partidos de golf, escapadas a estaciones de esquí o almuerzos con la familia política. El recuerdo del pequeño pueblo levantino esperaba, agazapado, la llegada del próximo verano. Era para nosotros, la promesa de un lugar mejor. Con el calor nos encontrábamos de nuevo, como en el periódico retorno de una manada de antílopes a la estepa o de un fenómeno atmosférico pertinaz. Eso hizo más sangrante todavía la soledad de Fermín y más atrayente la llegada de Jaureguiberry: una estimulante incorporación a nuestra antañosa y ya un poco aburrida agrupación de veraneantes.

Volvía yo de uno de mis fugaces encuentros con Fermín cuando Lola ya se había reunido con todos los demás. Ellos sabían la razón de aquellos retrasos. Mis conversaciones con un Fermín desempleado y deprimido habían sido motivo de bromas amables en el grupo, bromas cuidadosamente atemperadas por el implícito reconocimiento de mi buena pasta, de mi evangélica piedad.

–Hola, chicos –saludé–. Perdón por la tardanza. Joder, lo de siempre: he visto al pesado de Fermín sentado a una terraza y… ¡en fin! soy un buen socorrista, así que me he parado a saludar.

Todo ocurrió en milésimas de segundo. Guardo la escena en mi memoria con la exactitud de un sofisticado microscopio: después de mis palabras, el primer destello de complicidad por parte de todos (¡Ese pesado de Fermín!, estuvieron a un tris de replicar unos y otros, entre ostentosas carcajadas) quedó desactivado por la primera ceja alzada de Juan Carlos Jaureguiberry. El joven financiero había practicado aquel movimiento a modo de objeción de conciencia, con el fin de desmarcarse de mi leve ironía. A continuación, alzó también la segunda ceja, en lo que comportaba ya un signo de censura. Por último, procedió a esculpir en su semblante una mueca severa, senatorial, que buscaba condenar mi comentario. La conducta inesperada de Jaureguiberry operó como cortafuegos y reprimió las primarias emociones del resto de los miembros del grupo (Almudena, Cayetana, Jaime, Gonzalo, Lola, sobre todo, Lola), que habían estado a punto de proferir alguna ironía acerca de Fermín. El gesto reprobador de Jaureguiberry logró paralizar aquella acción masiva, y lo hizo con la admirable convicción de un caballero andante, de un prócer ilustrado, de un intelectual disidente, de un activista a favor de alguna causa vaga y remota, una causa fácil de explicar, como son siempre las causas difíciles de defender.

–¿El pesado de Fermín? –exclamó Jaureguiberry, alzando de nuevo una ceja, que parecía ahora dotada de la autoridad del monóculo de un caballero de finales del XIX–. ¿Qué quieres decir, Jorge, con eso de «el pesado de Fermín» a estas alturas?

Se hizo un silencio de siglos. Los estilos pictóricos, las civilizaciones, las eras geológicas se sucedieron (lenta y vertiginosamente, al mismo tiempo) durante los brevísimos segundos en los que intenté armar una respuesta. A estas alturas… ¿Qué había querido decir Jaureguiberry con el constructo suficiente e imperativo de «a estas alturas»? ¿Hablaba del tiempo pautado por las fases de la luna? ¿Hablaba del tiempo medido por relojes atómicos? ¿Hablaba de cambios éticos, esenciales, en la historia de la humanidad, que me habían pasado desapercibidos? ¿O señalaba alguna lacra moral que supuraba dentro de mí?

A nuestro alrededor, todos los miembros del grupo aguardaban, como temerosos corderos de un rebaño, asustados ante la falta de autoridad de su pastor. Los que siempre habían practicado una cruel indiferencia hacia Fermín estaban ahora expectantes, aguardando mi réplica (y la presumible contrarréplica de Jaureguiberry) para decidir, más fundadamente, qué debían decir, qué debían hacer, qué debían opinar.

–Hombre, Jaureguiberry –respondí–, era solo una broma…

–¿Una broma? –respingó–. ¿Es una broma llamar «pesado» a un ser humano con problemas psicológicos, víctima de un traumático divorcio y que se ha visto obligado a refugiarse en casa de su madre para sentirse a salvo de esta sociedad cruel y despiadada?

Era el momento en que, imaginé, Lola podría decir algo, el momento en que ella saldría a defenderme, siquiera como inevitable consecuencia de alguna de esas carambolas en que se resuelven las alianzas personales, o al menos una alianza como la nuestra: diez años de sexo satisfactorio, actividades deportivas, gastronomía exigente y álbumes fotográficos en Santiago de Chile, Melbourne y Singapur. Lola ahora podría testimoniar cómo yo mismo, incluso a su pesar, estaba siempre dispuesto a acercarme a Fermín, a compartir con él unos minutos mientras todos los demás, muy al contrario, nunca lo habían hecho. Pues no: Lola enmudeció y se limitó a evaluar lo que ocurría, como la hembra pasiva y expectante de alguna especie de mamífero que contempla a los machos combatiendo entre sí, hiriéndose al entrechocar sus osamentas.

–Jorge, querido –dijo entonces Almudena, abogada del Estado y alma mater de nuestra veraniega agrupación–. Llamar pesado al pobre Fermín… Eso no ha estado bien.

Todo el mundo se refugió en un nuevo y confortador silencio, un silencio en el que parecía que las oraciones de contrición, los profundos arrepentimientos, los propósitos de enmienda, se elevaban hacia el cielo como un incienso sagrado.

–Esta es una sociedad sanguinaria –recitó Jaureguiberry, persuasivo, didáctico, entre los numerosos, si bien casi imperceptibles, asentimientos del público asistente–. Apartamos al otro, al distinto, al que no es como nosotros. Nos refugiamos en el grupo para sentirnos protegidos y, con el fin de blindarlo mejor, condenamos a los vulnerables, a los débiles, a los seres frágiles como Fermín.

«Los vulnerables, los débiles, los frágiles…», musité, articulando un leve movimiento entre los labios. Jaureguiberry había llegado a nuestro grupo después del exilio al que habíamos condenado a Fermín, pero yo no recordaba desde su llegada ningún gesto de preocupación por aquel pobre diablo. Comprobé ahora que los ojos de Lola (una mujer de rostro precioso, baja estatura, algo aniñada en sus gestos, pero también de pechos llenos y delgada cintura) se dirigían a Jaureguiberry con gesto arrobado, como si asistiera al discurso hondo y conmovedor de un visionario, un ser consciente de todos los padecimientos del mundo, sensible a las desigualdades económicas, atento a los desequilibrios climáticos y al correcto rotar de los planetas sobre órbitas preestablecidas, un adalid que, además de su intensa labor profesional en el mundo de las finanzas, podría ocupar su escaso tiempo libre presidiendo una fundación sin ánimo de lucro.

A partir de ese día, mi verano se convirtió en un desfiladero oscuro y complicado. En el malecón, antes de las cenas y las copas, yo veía cómo Fermín dejaba pasar las horas amargas y vacías de su vida, y tentaba algún acercamiento. Yo le entregaba unas migajas de consideración y huía después de allí, dando ágiles zancadas, en busca de todos los demás.

Pero Lola ya ni siquiera me reprochaba aquella costumbre inveterada: la aceptaba con evidente irritación. Ya nunca me esperaba; en ocasiones, ni siquiera salíamos juntos del apartamento: decía que nos encontraríamos después.

Y más tarde, cuando me reunía por fin con nuestros amigos, recibía las irritantes lecciones morales de Jaureguiberry, en medio del silencio acobardado de los demás. Después de alguna de ellas, alguna que me pareció especialmente insoportable, me atreví a encararme con él y cantarle de frente las verdades: pero de qué me hablas, maldito hijodeputa, aquí el único que ha hecho caso a Fermín antes de que aparecieras parloteando como un telepredicador he sido yo, sí, he sido yo el único que ha entregado a ese desdichado un gesto de cariño, el único que siempre le ha ofrecido una palabra de afecto y comprensión, no como todos estos hipócritas que ahora jalean tus ocurrencias, pero que jamás han gastado un solo instante de su tiempo consolando a Fermín.

Recuerdo la respuesta de Jaureguiberry a mi réplica anegada en rencor, recuerdo sus palabras serenas y tranquilas, delante de Lola, delante de todos los demás.

–¿Una palabra de comprensión? –repitió, con gesto cínico, el tiburón financiero–. Lo que necesita la gente es solidaridad, Jorge, esa es la comprensión verdadera. Lo que necesita la gente es compartir su vida, sus esperanzas, y no recibir la limosna barata de tus cinco minutos de humillante conversación.

Jamás pude imaginar que un financiero pudiera llegar tan lejos en el asunto aquel de la solidaridad. Jamás pude imaginar que Jaureguiberry fuera la imagen más fidedigna de un universo lleno de instituciones internacionales, organizaciones no gubernamentales, fundaciones, sociedades públicas y privadas, entidades empeñadas en ayudar, sin excepción ninguna, a todos los seres humanos, animales, vegetales y minerales del universo mundo. Jaureguiberry, en efecto, el símbolo de un mundo atento a las desgracias ajenas, y que asiste a esos padecimientos desde una distancia confortable, cómoda y prudente.

Fueron semanas lánguidas y oscuras. Fueron semanas de soledad y de rencor. Lola anunció que volvía a Madrid, para pasar unos días con su madre y acompañarla en sus jaquecas. Durante un tiempo no quise ver a nadie. Como un mal presagio, llegó de Madrid la noticia del despido laboral de uno de mis hermanos y poco después la noticia de una nueva trifulca entre nuestros padres, ya tan mayores, que estaban a punto de protagonizar, como siempre habíamos temido, el divorcio más pintoresco de la historia entre septuagenarios.

Recluido en mi apartamento de la costa, leí mucho durante aquellos días, escuché música, y eché de menos las llamadas de Lola, que parecía haberse olvidado de mí. Lamenté incluso no tener el ánimo suficiente para acudir al malecón, descubrir a Fermín tomando su cerveza y ofrecerle el consuelo de unas palabras. Vaya, ahora hasta sería capaz de sentarme a su lado, prolongar pudorosas confidencias, preguntarle de verdad cómo iban las cosas, ofrecerle mi ayuda y, como habría dicho Jaureguiberry, compartir con él mi tiempo, mi vida, y no oficiar la hipócrita ceremonia de entregarle unas migajas de consideración y huir después de allí, dando ágiles zancadas, en busca de todos los demás.

Pero de la oscuridad insomne de aquellos días me salvó una nueva escena, que de pronto se hizo visible, como si me ayudara a regresar a la mera realidad, tras un larguísimo periodo de ausencia.

Un día, a lo lejos, vi la nutrida hueste de nuestros amigos, charlando, riendo, quizás contando chistes, quizás preparando una nueva barbacoa, quizás haciendo planes para una escapada en barco a Ibiza o Formentera. Jaureguiberry ponía su mano abierta en la espalda de Lola y ejecutaba sobre ella una desinhibida caricia, a medio camino entre la animosa rapidez de lo amistoso y la erotizante lentitud de lo sexual. Me sentí incapaz de comprender el giro que habían adoptado los acontecimientos, y lo hice con una sonrisa alucinada, no para recordar que la realidad a veces es patética y extraña, sino para certificar que, mal que nos pese, no suele ser de otra manera.

Llevaba tiempo sin hablar con Lola. Sentí que despertaba de un sueño muy profundo. El tiempo y el espacio habían jugado conmigo y me habían hecho encallar en un lugar nada agradable, quizás en una isla sucia y olvidada. Me descubrí a mí mismo sentado a la mesa de una terraza del malecón, junto a la playa, con un botellín de cerveza en la mano, un botellín de cerveza tostada, no la cerveza clara y ligera que yo siempre había preferido.

Entonces, por alguna parte, apareció la estampa torpe y pesada de Fermín, que se acercaba al trote, anadeando pesadamente sobre sus piernas estevadas y agitando la mano en un estúpido saludo. Y ni siquiera fui capaz de imaginar qué pasaría después, ni siquiera fui capaz de anticipar si se sentaría a mi lado para malgastar la tarde juntos, como dos tontos bufones, o si muy al contrario permanecería de pie, para entregarme unas migajas de consideración y huir después de allí, dando ágiles zancadas, en busca de todos los demás.

Westerman Servicios Generales

No me inquieté en exceso cuando Sergio anunció que tenía nueva novia, así como el firme propósito de irse a vivir con ella. De hecho, aquello me alegró: hasta entonces, las chicas pasaban por la vida de mi hijo como las estaciones de metro en un vertiginoso viaje metropolitano. A Rosana le pareció aún mejor que hiciera las maletas y comprara un apartamento en el centro de Madrid: al fin y al cabo, aquella era una primera señal de que planeaba sentar la cabeza, y no hay nada que más desee una familia que ver a sus hijos sentando la cabeza, cualquiera que sea la cosa que se esconda detrás de una expresión así.

Sergio había terminado sus estudios de ingeniería química en una prestigiosa universidad británica. Durante años, las facturas habían azotado nuestro presupuesto familiar, con el sacrificio nada grandilocuente de unos padres que entregan parte de su presente a cambio de un futuro mejor para sus hijos. Cuando Sergio partió a estudiar a Londres,

Rosana y yo nos resignamos a que se alejara de nosotros para siempre. Emprendería una nueva vida, quizás en un lugar mejor. Al terminar los estudios empezaría a trabajar en alguna multinacional y se vería envuelto en una vertiginosa agenda de proyectos y reuniones. Pero un golpe de suerte desbarató aquellos sombríos augurios familiares: en un inesperado giro de los acontecimientos, y entre las numerosas alternativas que le ofreció su brillantísimo expediente, Sergio decidió aceptar la oferta de una empresa farmacéutica que tenía su sede europea en Madrid.

Rosana y yo empezábamos a ver la realidad con ese poso de melancolía que determina el paso de los años y la certeza de que estábamos entrando en esa fase del camino en la que aguardan por delante muchas menos alegrías, ambiciones y oportunidades que las que yacen, consumidas, por detrás. Cuando conocimos a Clarice Westerman, pensé que no podría haber imaginado para mi hijo nada mejor. De nacionalidad británica, Clarice había cursado pedagogía, especializándose en la educación de niños con problemas psicomotrices. También había estudiado por su cuenta literatura: era una apasionada de los poetas románticos ingleses, a los que citaba de memoria. Incluso había publicado un par de artículos en revistas literarias, glosando algún aspecto lateral de la vida o la obra de Wordsworth y de Keats.

Debo confesar que Clarice Westerman me inspiró otras sensaciones: de matizados rasgos orientales (en los ojos, en los labios) y mandíbula marcada, tenía sin embargo un cuerpo de sensualidad rotunda. Cuando Sergio nos la presentó, Clarice explicó sus orígenes: su madre, Jeanette Elizaldy, era filipina, y su padre, Stuart Westerman, británico «aunque ahora tiene otro pasaporte, o doble nacionalidad, no sé, y residencia oficial en las Bahamas y, o… vaya, es difícil de explicar».

He comprobado, con los años, que las mujeres juzgan a otras mujeres con increíble rigor. Si los hombres se fijan en ellas, al principio, por el aspecto físico (a veces al final también), las mujeres se evalúan desde parámetros arcanos, mistéricos, mefistofélicos, que los hombres no llegarán nunca a comprender. Yo no tenía la más mínima idea de qué podía pensar Rosana de aquella joven tan educada, culta y atractiva. Por eso, cuando nos despedimos de ellos, me alivió escuchar lo siguiente:

–Clarice… –pronunció Rosana, como trayéndola así mejor a su memoria–. Me ha gustado esa chica. Es bastante mona, tiene encanto y desde luego no es nada tonta.

Eso solo significaba que Rosana la había aprobado, lo cual me tranquilizó.

–Y su español es casi perfecto –remedé.

No sé cómo pude concluir semejante tontería: de Clarice Westerman me interesaron muchas cosas, pero su español no era la principal. Supongo que todo se reducía a que, si a un hombre casado le cuesta hablar de otras mujeres delante de la suya, qué decir si la mujer de la que debe hablar es además la novia de su hijo.

Sergio no solo era un estudiante brillante que empezaba ahora una prometedora carrera profesional: mantenía conmigo ciertas complicidades, lo que, como padre, me halagaba. La siguiente vez que nos vimos, esperó a que su madre no estuviera delante para preguntarme mi opinión sobre Clarice.

–¿Clarice? –repetí yo–. Me pareció encantadora. Además, es muy bonita.

Mi hijo era burlón y divertido.

–Quieres decir que está muy buena, ¿verdad, papá?

–Er... eso también.

Sonreímos al unísono y luego me golpeó con el puño sobre el hombro.

Desde lejos (esa discreta lejanía, tutelar pero respetuosa, desde la que los padres contemplan el transcurso de la vida de sus hijos), asistimos a los preparativos de Sergio y Clarice para iniciar una vida en común. Clarice trabajaba en Madrid, en una organización de cooperación al desarrollo, pero también asistía a congresos internacionales de literatura inglesa y publicaba algún artículo aquí o allá. Presentí que en esa segunda actividad había una carrera académica frustrada y que, aunque ahora dirigía su vida hacia otra parte, intentaba mantener un vínculo con el estudio de la literatura, que era su verdadera vocación. En uno de aquellos encuentros, Clarice confesó que estaba preparando («con tiempo, porque no dispongo de mucho tiempo») la biografía de un poeta británico del XIX, un poeta menor, no demasiado conocido, pero que a ella le interesaba mucho. La historia literaria está llena de páginas perdidas, necesitadas de auxilio, auxilio que puede llegar de manos de algún comentarista o crítico no especialmente exitoso, al que ese estudio, también, puede auxiliar de otra manera.

Sergio y Clarice habían montado ya su apartamento, con unas espléndidas vistas al parque de El Retiro. En un par de ocasiones, nos invitaron a cenar en su casa y en la última de ellas dieron una noticia inesperada.

–La próxima semana mis padres pasarán algunos días en Madrid –dijo Clarice–. Hemos pensado que podríais conoceros.

–Es una idea estupenda –contestó Rosana.

Mi hijo y yo nos lanzamos una mirada de complicidad: si ellas estaban de acuerdo en algo, nosotros no solo debíamos considerar que era magnífico, sino aceptar también que era inevitable.

Sergio y Clarice organizaron el encuentro entre ambas familias. Había en ellos algo de nerviosismo ilusionado. Nos citamos en un restaurante hawaiano que aquella temporada estaba haciendo furor en Madrid, un restaurante decorado con cascadas de agua corriente y ficticios volcanes en erupción.

Rosana y yo habíamos recibido alguna información sobre los padres de Clarice. Jeanette Elizaldy era hija de un eximio embajador filipino ya fallecido. Se había criado en los mejores colegios internacionales y conocía muchos países del mundo. Conversadora en cuatro o cinco idiomas, deduje, por omisión, que no trabajaba, al menos a partir de su feliz matrimonio con Stuart Westerman. Este, según mi hijo, era un hombre alto, grande, de mejillas encarnadas y vientre poderoso: un típico británico. Lo más impresionante que refirió sobre él, sin embargo, fue algo muy distinto: Stuart Westerman había rehabilitado un castillo en las Tierras Altas de Escocia. Sergio me había enseñado las fotografías de una fortaleza elevada sobre una pequeña península, en medio de un lago de aguas oscuras, rodeado de praderas verdes, solitarias y sinuosas. El castillo reforzaba la comunicación de la península con la ribera mediante un soberbio puente de piedra, con arcos bajos, construido con sólidas piezas de sillería, invadidas por el musgo y por las hierbas.

–El castillo es una maravilla –repliqué, analizando las fotos, y sintiendo en mi interior la melancolía que siempre inspiran las desoladas tierras de Escocia–, pero parece muy viejo.

–Lo que más ha costado de la rehabilitación ha sido eso –contestó Sergio– el envejecimiento de las partes remozadas de los muros, el puente y las cubiertas. Stuart no solo quería reconstruir un castillo medieval: quería que *pareciera* un castillo medieval.

El castillo estaba completo, pero por su aspecto exterior parecía a punto de ser declarado en ruina. Me fascinó que lograr esa impresión fuera más caro que rehabilitarlo. Esa parte era lo que había convertido un precio ya oneroso en algo exorbitante. Sergio mostró fotografías del interior: salones de caza, dormitorios con camas con dosel, baños lujosos, jacuzzis, gimnasios, bibliotecas, salas de billar, barras americanas... Presentí enseguida que mi hijo sentía una poco disimulada fascinación por el padre de su novia. Mi segundo presentimiento se había convertido ya en una certeza: aquellos tipos eran increíblemente ricos.

–Stuart siente auténtica devoción por el castillo –continuó Sergio–. Dice que es su cuartel general. Cuando consigue reunir algunos días de descanso no se lo piensa: toma el helicóptero, viaja a Escocia y se recluye allí con su colección de pipas, sus antigüedades, sus útiles de pesca. Claro que no cuenta con mucho tiempo libre: apenas puede retirarse al castillo dos o tres semanas al año.

–¿A qué se dedica Stuart? –pregunté.

–Oh, tiene una empresa de servicios generales.

Un tanto nerviosos, Rosana y yo llegamos en coche al restaurante hawaiano. Rosana se había pintado más de lo habitual. Lucía un vestido más bien ceñido y unos altos zapatos de tacón. Entregué las llaves a un aparcacoches de vestimenta hawaiana pero inequívoco acento latinoamericano.

–Gracias, señor.

–Gracias a usted –correspondí, con la desinhibida naturalidad de los que, practicando gestos señoriales, aún se sienten decentes.

Rosana y yo enfilamos la entrada al restaurante: allá había un enorme vestíbulo, con pequeñas cataratas, vegetación exótica y simulación de cráteres y corrientes de lava. Apareció la silueta de Sergio y Clarice pero, de pronto, una especie de cuerpo celeste, un cometa cegador, se impuso a nuestros chicos, o los oscureció, como un planeta enorme que orilla a dos pequeños satélites.

–¡Jorge, Jorge! ¡Ey, querido Jorge!

Stuart Westerman emergió de la nada como un dios olímpico dispuesto a poner orden en el oscuro universo de los seres mortales. Había abierto los brazos como un cóndor y me acogió entre ellos, propinando a continuación unas furiosas palmadas en mi espalda. Tras aquellos gestos de amistad, más latinos que anglosajones, pude fijarme más en él, mediante ese minucioso escaneado que todos realizamos cuando por primera vez vemos de cerca a una persona. Más grande que gordo, más pesado que blando, su imagen daba la perfecta medida de inglés con mejillas sonrosadas, rostro lampiño, ojos claros y voz grave. Vestía de forma deportiva, pero su ropa era cara. Claro que, si lo hubiera visto con una tosca y prieta camiseta, un pantalón corto y una lata de cerveza habría podido pasar por un *hooligan* del fútbol, de esos que hacen de la ingesta de alcohol el verdadero sentido de su vida.

Tras sacudirme la espalda, Stuart Westerman imprimió besos húmedos sobre las mejillas de Rosana y sobó su espalda con efusiones no menos meridionales. Mientras tanto, yo me limité a dar la mano a su esposa, Jeanette Elizaldy, que me pareció una versión madura y no menos atractiva de Clarice.

Comprobé a lo largo de la noche que el español de Stuart, en términos sintácticos, no era malo, pero su cerrada pronunciación anglosajona hacía difícil entender lo que decía. Stuart Westerman era altisonante y expansivo; no solo aspiraba a monopolizar las conversaciones sino a dirigirlas con el gesto imperativo de un mariscal de campo. Jeanette y Clarice asistían con docilidad a sus expresiones de ingenio, y me inquietó darme cuenta de que mi hijo obraba del mismo modo.

–¡Jorge! –profirió en algún momento Stuart–. ¿A qué te dedicas, exactamente?

–Soy socio en una firma de abogados –respondí–. Me dedico al derecho de familia.

–Hum… –musitó Stuart–. Debe ser duro para un abogado comprobar que su hijo prefiere la ingeniería.

No entendí el sentido del comentario, ¿alguna forma de ironía? Decidí maniobrar, a modo de autodefensa.

–Estoy encantado de que mi hijo se dedique a la ingeniería, como de que mi mujer imparta clases de física en la universidad –respondí, receloso porque no le hubiera interesado el trabajo de Rosana tanto como el mío–. ¿Y tú, Stuart, en qué trabajas?

–Mi empresa se llama Westerman. Es lógico, ¿no? –desencadenó una risa tronante–. «Westerman Servicios Generales». Traduzco a lo tonto: el nombre de la compañía es en inglés, seguro que me comprendes.

–Te comprendo.

–Nos comprendemos –terminó.

Aquel encuentro en el restaurante hawaiano tuvo un resultado estimulante. Como si aquello hubiera sido una amable encerrona, Sergio y Clarice se tomaron de la mano: parecían estar a punto de decir algo no menos importante que solemne. Por fin declararon su firme decisión de casarse dentro de unos meses y de hacerlo en una iglesia que ya habían reservado.

Los cuatro progenitores nos quedamos paralizados, a la vista de una noticia por completo inesperada. Rosana y Jeanette recuperaron el aliento e intercambiaron sonrisas de madres ilusionadas. Yo no supe muy bien qué hacer ni qué decir, aunque pronto recibí sobre la espalda un nuevo porrazo de Stuart Westerman, que parecía más decidido que nunca a expresar sus sentimientos a base de embestir mi anatomía.

–Bueno, Jorge, parece que vamos a ser consuegros. ¡Consuegros! Se dice así, ¿no?

Los chicos explicaron el curso de los preparativos: la basílica ya elegida, el banquete, cuya carta aún no habían concretado, el largo viaje que estaban diseñando, donde se sucederían los safaris fotográficos en Kenia y la pesca submarina en algún archipiélago del Índico. Pero Stuart Westerman no dejó de liderar la conversación, con aquella gestualidad tan expansiva que yo ya había identificado como parte irrenunciable de su manera de ser.

–Y me parece estupendo que se casen por la iglesia –comentó–. Mi mujer, Jorge, es una persona muy religiosa. ¿Vosotros lo sois? Bueno, no importa. Yo soy un ateo irredimible, pero siempre he respetado las profundas creencias de Jeanette. Los españoles hicisteis católica a toda esa gente en Filipinas, ¿verdad? ¡Los bautizasteis a toda máquina y estas son las consecuencias! ¡Juá!

Después de dos horas de sonrisas, besos y felicitaciones, nos despedimos.

El enlace de Sergio y Clarice trastocó nuestra vida. La ceremonia estaba prevista para dentro de tres meses. Comprobamos que tenían los trámites avanzados, incluso la compleja elaboración (siempre necesitada de delicados equilibrios diplomáticos) de las listas de invitados, en las que comparecían amigos, compañeros de trabajo y familiares de ambos bandos.

La boda sería en Madrid, lo cual nos facilitaba las cosas a Rosana y a mí. Continué desempeñando mi trabajo en el bufete y Rosana no descuidó su cátedra de física teórica. Pero Stuart y Jeanette, que residían de forma deambulante en tres o cuatro ostentosas residencias repartidas por el mundo, decidieron alquilar una suite en uno de los mejores hoteles de la ciudad y convertirlo en su cuartel general hasta que se celebrara el feliz acontecimiento. Era inevitable que, debido a los preparativos de la boda, los contactos entre ambas familias se hicieran más frecuentes. Jeanette no salió de Madrid en los tres meses siguientes, ayudando a su hija en los preparativos del evento. Stuart, por su parte, tomaba una y otra vez vuelos internacionales, debido a las tareas de la empresa, pero hacía lo posible por acompañar a su mujer y a su hija en la ciudad.

Me pregunté sobre la verdadera fortuna de aquel hombre, capaz de comprar y restaurar un castillo escocés o de alquilar durante meses la suite más amplia, prácticamente un piso de grandes dimensiones, en un hotel de lujo. Debido a mi trabajo, no solía impresionarme la riqueza, pero aquello superaba lo que había conocido. Lo peor era otra cosa.

–¿Otra cosa? ¿A qué te refieres? –me preguntó Rosana, cuando compartí con ella mis temores.

–Me refiero a Sergio: no sé cómo podrá ser su vida al lado de esa gente.

Rosana decidió tranquilizarme:

–Sergio se va a casar con Clarice Westerman, una chica excelente. No se casa ni con su padre ni con su madre.

Cuando personas desconocidas se tratan muy de cerca una especie de microscopio se pone en funcionamiento. Lo nuestro era fácil de explicar, también lo de Jeanette y Clarice. Lo de Stuart, en cambio, era otra cosa.

–Westerman Servicios Generales –recitaba, cuando debía presentarse delante de alguno de nuestros amigos. Y luego completaba su sintética declaración–: Nos dedicamos al asesoramiento integral de empresas y entidades, principalmente en el ámbito internacional.

–Comprendo –solía decir la gente, que es lo mismo que dije yo la primera vez que lo escuché.

Lo cierto es que Westerman Servicios Generales exigía de su accionista principal una febril actividad. La estancia de Stuart en Madrid se veía alterada por viajes de trabajo. Londres era uno de los destinos más frecuentes. Nueva

York o Dubái se repitieron varias veces. Fruto de su agitada vida profesional, Stuart atesoraba numerosas anécdotas, siempre curiosas, llamativas, relatos de sabor antropológico que retrataban el carácter paradójico de los chinos y alguna curiosa observación sobre los aimaras de Bolivia o los afrikáners de Transvaal.

Las reuniones con los Westerman, inevitables al menos hasta que se celebrara la boda, eran una oportunidad para que Stuart mencionara sus viajes alrededor del mundo. Fuera cual fuera la conversación, Stuart traía a colación experiencias pintorescas: partidos de tenis, con algún jeque, a más de mil pies de altura, en plataformas al aire libre habilitadas en lujosos hoteles de Dubái; o el alucinante paseo por la Ruta de Cristal de la montaña Tianmen, en Hunan, en compañía de un gobernador comunista; o la excitante filmación de tiburones martillo, desde jaulas protectoras, en Sudáfrica; o la perturbadora visión del río Rojo, en Cusco, donde los depósitos minerales teñían el agua de un fascinante tono bermellón.

–¿No es cierto, Jeanette?

Westerman solía terminar sus relatos con aquella interrogación retórica, acaso un trasunto latino de la apostilla anglosajona «isn´t it?» («¿No es cierto? ¿No es cierto?». Dios sabrá si es cierto o no, me decía yo, harto de aquella reiteración). Era, en términos castellanos, un estrambote. Comprobé que Jeanette, beneficiaria de una esmerada educación cosmopolita, apenas intervenía y aprobaba con tímidos movimientos de cabeza todo lo que dijera su marido. Nunca dudé de su delicadeza, ni de su clandestina inteligencia, pero tampoco dudé de que Jeanette Elizaldy, señora de Stuart Westerman, vivía subordinada a los caprichos y deseos de su esposo.

Stuart prodigaba a Jeanette todas las atenciones previsibles en un hombre cortés. Hacía lo mismo con Rosana, del mismo modo que repartía con Sergio o conmigo esas toscas complicidades que algunos hombres creen que deben compartir con otros hombres, cuando estos se limitan a soportarlas. En aquellas conversaciones, un abogado no tiene muchas oportunidades de lucimiento geográfico, pero Rosana, al hilo de las anécdotas de Stuart, aludía a sus experiencias en los congresos internacionales a los que asistía, diputada por su universidad.

En alguno de aquellos encuentros, se me ocurrió insistir en el trabajo de Clarice. Supuse que una organización no gubernamental mantendría una vertiginosa actividad, apenas un punto por debajo de la de su padre.

–Me gusta mucho mi trabajo –se defendió, cuando yo no había hecho más que preguntar en qué consistía.

–Clarice trabaja en una organización internacional que gestiona programas de cooperación en distintos países africanos –contestó Stuart, a quien nadie había convocado a aquel diálogo.

Con un gesto metálico, seguí mirando a la chica, en busca de su respuesta personal:

–Qué bueno, Clarice, seguro que es fascinante trabajar en planes de desarrollo para países desfavorecidos.

–Por supuesto que lo es –volvió a entrometerse Stuart, un poco ofendido.

–Pero tengo entendido –continué– que la literatura también te interesa mucho y que has publicado algunos estudios sobre poetas románticos ingleses.

Clarice se sonrojó, como si hubiera desvelado su más indecente fantasía sexual.

–La literatura no es una ocupación seria –repitió Stuart, al que mi inquisición ya estaba impacientando.

Vi que mi hijo, a la vista de aquel diálogo, también se ponía nervioso.

–Vamos a pedir la cuenta –dijo Sergio–. Mañana tengo mucho trabajo, Clarice un par de reuniones tempraneras y Stuart debe tomar un vuelo internacional.

Confusa, atropelladamente, recogimos nuestras cosas. Stuart pagó la cena con su tarjeta, aunque al hacerlo no pudo evitar cierta incomodidad.

A la salida, Sergio hizo un aparte conmigo, después de apretar con fuerza mi brazo derecho para alejarnos de los otros.

–Papá, deja de buscarte problemas, deja de buscarme problemas.

–¿Problemas? ¿Qué problemas? ¿De qué estás hablando?

–Los Westerman, deja su vida en paz, deja a Clarice en paz.

–¿En paz? –repliqué, algo irritado–. Solo he preguntado a qué se dedica tu novia. ¿Qué es lo que ocurre?

–¡Ya sabías a qué se dedica mi novia! –gritó, con ojos alterados que se salían de sus órbitas.

Antes de que nadie se acercara, Sergio me reveló un aspecto lateral de la verdad: la fundación de cooperación en la que trabajaba Clarice era una loable iniciativa sin ánimo de lucro que desplegaba actividades en distintos países africanos, pero su creación había sido una operación de su padre para alejarla de la literatura y del sueño estúpido, en palabras de Stuart, de «agonizar en una universidad de tercera, dando clases por la tarde a chicas feas y aburridas». La fundación pertenecía a Stuart Westerman y nada se hacía en ella sin su autorización.

Nos despedimos. Rosana y yo montamos en nuestro coche para volver a casa. Sergio y Clarice subieron al coche de Stuart, un Bentley algo antiguo, una pieza de coleccionista que se había integrado en su numerosa flotilla de coches de coleccionista, a la que había que sumar, por supuesto, el resto de sus coches.

La estancia en Madrid exigió que Stuart removiera algunas de las piezas de su compleja red de relaciones y negocios. Junto a los constantes viajes al extranjero, la llegada del lujoso Bentley («No puedo vivir lejos de esa vieja máquina: forma parte de mi alma») certificaba su decisión de compartir a nuestro lado aquellos meses de preparativos y excitación.

Comenzamos a verlo acompañado de un sujeto alto, delgado, de pocas palabras. Con pelo blanco, acento canario y gafas de espejo que velaban los matices de sus ojos: nunca pude ver la mirada de Guillermo Timón, lugarteniente o factótum del hombre que sería un día mi consuegro. Antes o después de nuestras citas (Stuart y yo habíamos empezado a jugar al tenis, en un club deportivo) él se hacía acompañar por su ayudante. Si Sergio o Clarice, si Rosana y yo, aparecíamos, Timón alzaba el vuelo con diligente discreción. Después de los partidos, reparábamos fuerzas en la terraza del club mediante vasos de agua con gas, acompañada de hielos y limón. Pero Stuart recibía llamadas telefónicas. Fruncía el ceño, como si esperara algo sombrío o preocupante, y solo cuando comprobaba que se trataba de Timón saludaba con alivio, antes de fruncir de nuevo el ceño e indagar por los motivos de la llamada. Luego acontecía un largo silencio, en el que Timón expondría alguna cosa. Entre tanto, la voz grave de Stuart marcaba un cadencioso contrapunto.

–Sí… sí… no, bajo ningún concepto. Sí… ¿De veras?… Sí… no. Bien. De acuerdo… Cuanto antes… Mañana, ¿de acuerdo? Sí… Te llamaré… No, llámame tú. Sí, sí. No. Cuando todo termine.

Stuart colgaba, deshacía la máscara que había velado su rostro y recobraba la amable luz de siempre.

–¿Dónde demonios han ido Jeanette y Rosana? ¿De compras? ¡Maldita boda! ¡Nos van a arruinar estos chicos!

Los preparativos seguían adelante y la intervención de los Westerman determinaba la ampliación del programa de celebraciones. La reserva de un complejo recreativo, una especie de finca dedicada a eventos multitudinarios, para los dos días siguientes al rito matrimonial, supuso complicarlo todo. Rosana abandonó su fría ponderación científica y se sumó con entusiasmo a la preparación de un festejo que ya alcanzaba proporciones obscenas.

En una cálida velada, en la que celebrábamos el cierre definitivo del menú para la cena de la boda y el cierre, no menos complejo, de las siguientes actividades recreativas, un suceso vino a empañarlo todo. Como era habitual, Clarice hablaba ilusionada de los distintos eventos que se estaban preparando, y Stuart rememoraba anécdotas viajeras, condimentadas con muestras de ingenio que expresaba en su español sinuoso y zozobrante. Jeanette asistía arrobada a las palabras de su marido ejecutando, como siempre, tímidos gestos de aprobación con la cabeza.

Habíamos acudido al restaurante en dos coches distintos, pero al salir, en el aparcamiento, el lujoso Bentley de Stuart parecía inclinado. Tuvimos que acercarnos para comprobar que tres de las cuatro ruedas estaban reventadas. La cara de Stuart se descompuso, pero recobró enseguida la entereza.

–Vaya, qué faena… –se me ocurrió musitar.

Quería empatizar con el sentimiento de pesar que debía de embargar a la familia Westerman, especialmente a su patriarca, pero Stuart me dirigió la mirada más intimidatoria que vería en toda mi vida.

–¿De qué puta faena estás hablando?

–Lo siento, Stuart. Es un pinchazo que…

–¿Cómo demonios van a pincharse tres ruedas a la vez?

Jeanette, de pronto, se puso a llorar. Rosana la consoló entre sus brazos. No sé cómo me atreví a seguir hablando: aquel era el modo más seguro (ya debería haberlo sabido) para irritar todavía más a Stuart Westerman.

–Habrá sido un imbécil… –sugerí–. Quizás utilizó una navaja y…

–¿Crees que no tomo precauciones? –estalló.

–¿Precauciones?

Jeanette seguía llorando, con amargura.

Dos semanas antes de la celebración del matrimonio, y estando Sergio en el extranjero por motivos de trabajo. Rosana, Jeanette, Stuart y yo visitamos el museo del Prado. El empresario británico no había mostrado particular interés por la visita, pero Jeanette, explicó Stuart (ella nunca explicaba nada: todos los deseos de Jeanette asomaban a través del filtro verbal de su marido) quería visitar el museo de nuevo. Una de las aficiones de Jeanette eran las artes plásticas y conocer los museos de las ciudades que visitaba. Hacía años que compareció, deslumbrada, a las grandes obras del museo del Prado y quería ahora revivir aquella experiencia extraordinaria.

Recorrimos las salas en medio de una interminable y agotadora riada de turistas. Vi a Stuart Westerman bastante molesto, no por las obras de arte, que lo dejaban más bien indiferente, sino por saberse parte de aquella marea humana, algo a lo que no estaba acostumbrado, dentro de una existencia que transcurría en los mejores hoteles, los mejores restaurantes y los mejores clubs privados. Con esos antecedentes, el acceso indiscriminado de toda clase de personas a los museos le incomodaba. Jeanette disfrutó de la visita: la ilustraba con comentarios acerca de los cuadros, que conocía sobradamente y cuyos detalles nos iluminaban a Rosana y a mí. Nada de eso ocupaba a su marido. Tuve el presentimiento de que Stuart Westerman solo habría disfrutado de la visita, e incluso emitido toda clase de elogios ante obras maravillosas, si el precio de la entrada hubiera sido prohibitivo para el común de los mortales.

Entonces su teléfono, programado en modo vibración, empezó a sacudirse impetuosamente desde el bolsillo de la camisa. Comprobó el origen de la llamada y sin ninguna explicación nos dio la espalda, se dirigió al centro de la sala, donde menos gente pudiera oírlo, y contestó.

Aunque estaba dándome la espalda, un agudo instinto le hizo mirar atrás. Stuart comprobó mi relativa cercanía y decidió alejarse. Empezó a moverse por la sala, trazando círculos convulsos, nerviosos tirabuzones. Esquivaba con irritación los grupos de turistas japoneses o escandinavos. Agitaba la mano derecha, como si su interlocutor pudiera verlo, o dirigía un índice acusador a las alturas. Se mesaba los cabellos o se subía el cinturón. En algún momento le oí gritar, pero su cerrado inglés se me hizo intraducible. Uno de los ujieres se acercó con la previsible intención de amonestarle y, por primera vez desde que le conocí, vi a Stuart Westerman trazar un gesto de humilde cortesía, bajar un poco la cabeza y pedir disculpas. Guardó su móvil y se dirigió a nosotros. Hasta Jeanette, absorta en las obras de arte a lo largo de la visita, miró ahora a su marido con gesto interrogante.

Stuart estaba pálido. Mantenía la mirada perdida en algún punto distante de la sala.

–Willy, Willy… –repetía, entre gemidos–. Pobre Willy.

–Stuart, ¿qué ocurre? –preguntó entonces Jeanette.

Stuart ignoró la pregunta de su esposa y giró la cabeza hacia mí:

–Guillermo Timón ha muerto.

Confusos, extraviados, atravesamos varias salas del museo, en una peregrinación alucinada, buscando la salida. Jeanette también parecía afectada. Ni Rosana ni yo dijimos nada, sabedores de que Stuart, ante una pregunta que le molestara, no disimularía su irritación. Por fin, en la salida, Stuart murmuró para sí mismo algunas cosas en inglés. Luego retomó su teléfono, se alejó de nosotros y realizó un par de llamadas, de las que solo nos llegaron frases entrecortadas, expresiones de cólera, gestos de rabia o determinación. A nuestro lado, su esposa parpadeaba sin cesar.

–Jeanette –pregunté entonces–. ¿Qué le ha pasado a Timón?

–Un accidente –informó–. Willy ha sufrido un desgraciado accidente.

Faltaba poco tiempo para la boda de Sergio y de Clarice. Ambos ya habían dejado sus trabajos con el fin de culminar los últimos preparativos, antes de la liturgia, antes de los dos días de celebración, antes de los ñus y los leones de Kenia, antes del submarinismo fotográfico en isla Mauricio, o en islas Maldivas, o en islas Comoras, o en las islas que fueran. Una inquietante excitación invadió a nuestras familias. Pero ya no eran los presupuestos del menú, ni los acróbatas, ni los grupos de baile, ni los banquetes, ni los hoteles, ni los clubs deportivos, ni los aparcamientos preparados para cientos de invitados.

Stuart Westerman seguía recibiendo llamadas telefónicas que requerían inmediata atención así estuviera degustando un plato de alta cocina o encarando un hoyo en el campo de golf. Entonces se alejaba y gritaba, gesticulaba, hablaba a veces en inglés, a veces en español, entreverando entre aullidos palabras en ruso, en árabe o en algo. Se había convertido en un hombre exasperado que gritaba constantemente. En algún momento, sabiendo que estaba lejos de él, que nadie podía oírnos, y sin retirar mi mirada de aquella siniestra representación, me atreví a hablar con Rosana.

–No sabemos nada –murmuré, mascando mis palabras.

Rosana no entendió lo que decía, pero llevábamos tantos años juntos que ni siquiera unas palabras confusas nos podían engañar. Anclé mi mirada a la suya, con garfios afilados y dolorosos.

–No quiero ver a ese tipo nunca más, ¿comprendes? Nunca más, no quiero verlo nunca más.

Rosana me miró aturdida, desorientada.

–Pero eso es imposible, Jorge: Sergio y Clarice se van a casar. Debemos compartir la ceremonia. Y después habrá más cosas: no sé, fiestas, nietos, aniversarios. Algunos días…

Estuve a punto de dirigir al cielo un índice imperativo y alzar la voz de forma engolada, pero me di cuenta de que hacer algo así sería actuar como Stuart Westerman y reproducir sus maneras autoritarias; me di cuenta de que esa sería, al final, su mayor victoria sobre nosotros, su mayor victoria sobre mí.

Stuart seguía gesticulando allá a lo lejos, acaso transmitiendo sugerencias, acaso impartiendo órdenes precisas. Entonces sentí un murmullo sordo, una agitación vibrátil en el bolsillo. Saqué el móvil: era mi hijo Sergio. Recibí su voz emocionada. Dijo que una propuesta irresistible había trastocado sus planes profesionales y anunciaba una espléndida noticia: pronto entraría a trabajar en Westerman Servicios Generales, a las órdenes de Stuart.

CUENTOS DE LA ÚLTIMA ESTACIÓN

Ermita de san Sebastián

Quanti ergo cotidie in occulto martyres.

San Ambrosio (389)

Vera esperaba a la entrada del pueblo. Eran las siete de la mañana y un lejano rumor de patos (de cercetas, habría dicho su padre, en otro tiempo) se oía a lo lejos, procedente de la laguna. Un cielo de nubes cargadas, sucias, cubría la vasta llanura. El frío de la noche había dejado sobre las piedras, los caminos de tierra y los poyos de las puertas una película de escarcha cristalina que, con la primera luz del día, con el primer golpe de sol, no tardaría en desaparecer.

Desde lejos, Vera vio un coche que se acercaba. Pensó que, gracias a la humedad de la madrugada, la llegada de Antonio no venía envuelta en la inmensa polvareda de otras veces. Hacía mucho tiempo que a Adraque del Molino llegaba una carretera asfaltada, pero la tierra roja del páramo seguía levantando increíbles nubes de polvo al paso de los coches. Era como si la tierra se quejara de algo.

Al llegar, Antonio ni siquiera apagó el motor, hizo un gesto expeditivo para que Vera entrara en el coche. Ella, de un modo supersticioso, miró a un lado y a otro, con la prudencia de un delincuente que, antes de emprender una fechoría, intenta asegurarse de que nadie lo pueda ver. Y no, no había nadie en los alrededores, nadie los iba a ver, ni los vería más tarde, en lo que hicieran.

–Hola, nena.

Vera se inclinó sobre Antonio. Él la besó y puso las manos en sus pechos.

–Déjame –protestó–. Vamos, conduce.

Antonio puso de nuevo el coche en movimiento. Venía de la fábrica. La fábrica era una insomne cadena de montaje que nunca descansaba, alimentada por inagotables pedidos llegados de todo el mundo, y que sostenía la vida de cuatro o cinco pueblos de la comarca, gracias a sus ciento doce puestos de trabajo. Antonio trabajaba en el turno de noche. Los últimos que entraban en la empresa siempre cubrían el turno de noche. Entre los trabajadores de una fábrica también existen jerarquías, como en cualquier otro lugar.

Antonio y Vera estaban muy contentos: por lo menos tenían un sueldo seguro. Pronto alquilarían una casa en alguno de los pueblos de los alrededores y dejarían de vivir con la madre de Vera. Era más barato vivir en los pueblos que en la capital de la provincia. Además, ahora tenían coche. Podían ir adonde les diera la gana. «Podemos ir adonde nos dé la gana», dijo Antonio, el día en que trajo el coche a casa, después de comprárselo a un viejo de algún pueblo cercano.

–¿El niño? –preguntó Antonio.

–He dejado abierta la puerta del dormitorio –contestó Vera–. Si Kevin se despierta, mi madre ya lo oirá.

–¿Le dijiste ayer algo a tu madre?

–A lo mejor volvemos antes de que despierte. Si no, ya inventaré algo.

Desde que había nacido Kevin, a Vera le dolían los pechos. Quizás le empezaron a doler antes de que naciera, no recordaba bien. Estaba orgullosa de ser madre, aunque ese orgullo se desvanecía los fines de semana, cuando tenían que quedarse en casa con el niño. Antonio bebía una hilera interminable de cervezas mientras veía por televisión una hilera interminable de partidos de fútbol, y ella se aburría, bostezaba, echaba de menos a sus amigas, que estarían ya en alguna discoteca, bailando, riendo y hablando con chicos, con otros chicos.

Tenía otro motivo para estar orgullosa: desde que era madre, sus pechos habían crecido mucho. A veces las camisetas se le mojaban de leche. Se sentía más mujer que sus amigas (aquel niño pequeño, aquellos pechos grandes). A Antonio también le gustaban aquellos pechos grandes, tan grandes.

La niebla de la mañana velaba el trazado de la carretera comarcal. Antonio conducía despacio y Vera distinguió un viejo quejigo que le sirvió para situar, en medio de la niebla, el mapa de su infancia.

–El árbol. Bien, sigue, sigue... Un poco más allá.

Poco después vieron a la orilla del camino un cartel que indicaba la desviación. «Ermita de san Sebastián, 2 km», decía. Era una ironía, pensaba Vera, que un cartel nuevo indicara el camino a una ermita derruida, a la que ya no iba nunca nadie. A partir de la desviación, el asfalto se convertía en un estrecho camino de tierra, y Antonio disminuyó aún más la velocidad porque sentía en los bajos del coche el impacto de las piedras que saltaban. Por lo menos la niebla se iba disipando. Delante de sus ojos, el páramo fue cobrando forma, adquiriendo colores, como en una lenta y mágica aparición.

Aparcaron al pie de la colina. Una escalera de travesaños de madera conducía hasta la ermita. La ermita tenía una tosca puerta verde y aún conservaba casi toda la techumbre, aunque un boquete en la cumbrera ya mostraba algunas vigas desnudas.

La idea de ir tan de mañana, para saberse a salvo de curiosos, era en sí una tontería: hacía algunos años que la ermita estaba abandonada, ya ni siquiera se celebraba en sus alrededores la romería de mediados de agosto. Entre Adraque del Molino y la ermita hubo en otro tiempo una pequeña aldea, cuyo diminuto caserío estaba a unos cientos de metros, hacia el interior de la sierra. Una anciana, ejerciendo de guardesa, custodió las llaves de la ermita hasta que murió. Sus hijos hacía mucho tiempo que vivían en Madrid o en Alemania. Cuando murieron las otras dos ancianas que aún quedaban, la aldea se convirtió en un despoblado. Ya nadie se ocupó de la ermita ni de sus llaves. Niños y jóvenes, a diferentes horas, hicieron del lugar una excusa para inocentes travesuras o para aventuras clandestinas. Vera recordaba que la primera vez que se desnudó delante de un hombre fue en el interior de aquella ermita abandonada.

La puerta estaba desportillada, con el dintel torcido, y costó mucho moverla porque el umbral quedaba obstruido por las piedras. Tras desconsiderados empujones, consiguieron franquearla.

–Tenemos que encontrar la imagen del santo –dijo Vera–. Era lo mejor que había aquí. Eso decía siempre don Hipólito.

–El tipo va a comprarlo todo –contestó Antonio–. Lo prometió: lo compra todo. El precio se verá. Depende de lo que llevemos. Eso es lo que dijo.

Los muros de mampostería permanecían firmes. Buena parte del artesonado aún se sostenía. Por eso, al entrar, notaron que hacía aún más frío que en el exterior. Pero la humedad que allá se respiraba, al contrario que la humedad vivificante de los campos, era algo tóxico, enfermizo, que recogía del suelo y de las paredes el aroma envenenado del moho y de los fermentos.

Las paredes de la ermita tenían vanos muy pequeños, pero el boquete en la techumbre proporcionaba la luz necesaria. En la ermita no había ningún retablo. El altar era una tosca pieza de granito, empotrada en la pared del fondo. Vera recordaba un pequeño sagrario de madera, decorado con delicadas telas de encaje, y a su lado un cirio grande, enhiesto, que de niña le había fascinado. Todo aquello había desaparecido. Los bancos y los reclinatorios estaban rotos, amontonados junto a una de las paredes. Algún grupo de jóvenes los apiló allí, despejando la pequeña nave de la ermita, quizás para bailar, quizás para celebrar comidas o meriendas.

–¿Dónde está la puta estatua? –preguntó Antonio.

Vera señaló con el índice la pared encima del altar.

–Estaba allí. Era una imagen de madera pintada, muy bonita.

Sobre el suelo, en la parte donde había caído la techumbre, había una acumulación de tejas y de trozos del artesonado. Antonio revolvió entre los escombros con las botas.

–Era una figura bastante grande –dijo Vera–. Ahí no puede estar.

Antonio escupió.

–Todo esto para nada.

Volvió a escupir. Se acercó a Vera. Intentó besarla. Le tocó los pechos. Ella lo apartó de un manotazo.

–Déjame, joder.

Vera se acercó a la pared donde estaban acumulados los bancos destrozados. Empezó a mover algunas maderas.

–Vamos, ayúdame.

Juntos pudieron trasegar con más facilidad unos cuantos tablones. Estaban a punto de desistir cuando de pronto, al fondo, asomó la figura del san Sebastián, con las manos atadas a la espalda y dos ojos de mirada agonizante.

–Qué bueno: la estatua de un tío –dijo Antonio, sonriendo.

–San Sebastián –dijo Vera.

–Como se llame.

–San Sebastián fue un mártir, los paganos lo mataron a flechazos. Lo dijo don Hipólito.

–Y a mí qué cojones me importa.

Vera pasó un paño por la madera de la figura. Estaba pintada. El mártir tenía el pelo rizado, aún quedaban en su cabeza algunos restos de pintura dorada. La piel de la figura era de un gris triste y polvoriento: el tiempo y la mugre habían oscurecido el color antes luminoso de su suave encarnadura. A pesar de ello, cinco o seis manchas de rojo intenso aún eran identificables en su pecho, en sus brazos, en sus piernas. Dos de ellas mantenían el brillo original.

–¿Ves esas manchas? –dijo Vera.

–Qué les pasa a esas manchas.

–Pintura roja. Representan la sangre del santo. En esos puntos rojos estarían clavadas las flechas. Vamos a buscarlas. Deben de estar por aquí.

Vera empezó a revolver entre los cascotes.

–¿Vamos a buscar en el suelo unas putas flechas?

Vera se dio la vuelta y se encaró.

–Oye, tienes un tipo que va a comprar lo que sea, ¿no? Pues le vas a llevar un san Sebastián, una pasada de estatua. Si el tipo sabe de lo que habla, preguntará por las flechas.

–¿Preguntará por las flechas? ¿Por qué?

A veces Vera se sentía desanimada. Cuando aún salía con amigas, el recurso que utilizaban para descalificar a un imbécil era decir que parecía un crío, que hablaba como un crío, que se comportaba como un crío. Antonio también le pareció a Vera un poco crío al principio, cuando lo conoció en el instituto. Lo malo es que hacía algún tiempo de eso y Antonio le seguía pareciendo lo mismo.

–Escucha, si le llevas al tío ese las flechas, aunque vayan rotas, la estatua estará completa.

–Ha prometido que pagará, nena. ¿Qué más da si llevamos solo este trasto?

–Pues que tendrá una buena excusa para pagarte menos, ¿no lo entiendes? Con las flechas, la estatua vale más.

Antonio se quedó rumiando algo.

–¿Cuánto crees que puede valer este muñeco? –preguntó.

Ambos miraron la imagen, apoyada ahora sobre el muro de la ermita. Antonio era muy orgulloso, pero ese orgullo se deshacía cuando topaba con algo que no conocía o que no lograba entender del todo y tenía que preguntárselo a Vera. Ella recordaba la imagen de otra manera, expuesta en el altar: un joven doliente, desnudo, asaeteado a causa de su fe. Sería difícil explicarlo con palabras, pero la primera vez que Vera se sintió delante de un hombre fue allí, mientras rezaba, delante de la imagen de un santo joven y con el pecho desnudo.

Vera deshizo el sueño y volvió a la realidad. Los ojos de la imagen mantenían su fondo de un blanco inmaculado y, sobre ellos, unas pupilas toscas, unos círculos tristes de pintura bituminosa.

–No sé cuánto puede valer –contestó Vera, desorientada–. Luego miramos en Internet.

–Es una obra de arte, ¿verdad? –preguntó Antonio, desconfiando de esa misma frase y aceptando que, por causas desconocidas, Vera comprendía algunas cosas de las que él ni siquiera había oído hablar.

–Hay gente que paga mucho dinero por cosas así –contestó Vera–. Seguro que el tipo ese las restaura y se las vende a otro tipo aún por más dinero.

–A mí este trasto me parece una mierda –dijo Antonio.

Vera suspiró.

–Vamos a llevarlo al coche –dijo ella, y ahora había autoridad en su voz.

Entre los dos cargaron con la imagen, salieron de la ermita y bajaron la colina. Abrieron la puerta trasera del coche y dejaron sobre el asiento la imagen de san Sebastián.

–Ahora, las flechas –ordenó Vera.

Era difícil localizar entre los escombros unos palos que simularan ser flechas clavadas en un cuerpo de madera, pero rebuscaron y dieron al menos con dos astiles, aunque ninguno conservaba ya sus plumas. Uno de ellos estaba roto. Aun así, Vera dijo que era mejor llevarlos. Salieron al exterior. Vera intentó cerrar de nuevo la puerta de la ermita, pero estaba trabada y pronto desistió. La puerta quedó abierta, abierta ya para siempre. Volvieron hacia el coche.

–¿Antonio?

–Dime, nena.

–Antonio, tenemos que ir a un lugar mejor, cuidar a Kevin, darle un futuro y todo eso.

–Claro que sí –respondió él, con vehemencia–. Joder, no pienso en otra cosa todas las noches, cuando voy a la fábrica.

–Cuando Kevin sea un poco mayor me gustaría volver al instituto. Te parece bien, ¿verdad?

Antonio no dijo nada.

Entraron en el coche. La imagen de san Sebastián permanecía recostada en el asiento trasero. Había encajado sin problemas. Al contrario de un Cristo crucificado, un san Sebastián no tiene los brazos extendidos, sino atados a la espalda. A pesar de su tamaño, eso hizo más fácil meterlo dentro del coche. Ahora Antonio tiró los trozos de las flechas sobre el pecho del santo. En el puesto de conductor, se había quitado ya la cazadora y ahora, sin preguntarle nada, empezó a quitar la suya a Vera.

–Ahí, en la ermita, hice la primera comunión –susurró Vera.

–¿De veras? –contestó él.

Antonio tomó las dos chamarras. Sin ningún cuidado las lanzó al asiento trasero y cubrió con ellas la imagen del mártir.

–La primera comunión, sí. Hace por lo menos diez años. O más, no sé. Con don Hipólito.

–Cómo pasa el tiempo, nena.

Antonio, agachado, empezó a desabotonarle la camisa. La abrió sin miramientos. Subió el sujetador de Vera hasta ponérselo a la altura de la garganta. Luego se inclinó sobre su pecho. Vera desvió la mirada, para contemplar a través de la ventanilla la colina cercana y la escalera de traviesas que conducía a la ermita.

–Y unos años antes, ahí mismo, don Hipólito también me bautizó.

Antonio ya no iba a contestar. Estaba mamando.

DIENTES, CARICIAS, AGOSTO

LUNA EMITIÓ UN CHILLIDO pálido y delgado, un lamento quebradizo.

–¡Aita, un gatito!

Un gato diminuto se acercó a Luna, corriendo torpemente. Ahora levantaba con desmayo su pata derecha. Antes de que mi hija gritara, el cachorro ya había emitido un lánguido maullido.

–Pobre chiquitín... –susurró Luna.

Llevada de un impulso irresistible, Luna se agachó y lo acarició. El gato maulló de nuevo, más delicadamente, y se dejó llevar a las costas del cariño donde esperaba mi hija, con todos sus salvíficos útiles de pesca, dispuesta a rescatarlo del frío, el hambre y la soledad.

–Luna, no te acerques –dije yo.

–¡Aita! –respondió, malhumorada.

Me envió su enfurecida mirada de niña de trece años, esa mirada torva y despechada que aún no había abandonado el odio de una niña pequeña y caprichosa pero que ya había incorporado el odio de una adolescente en proceso de formación.

–Luna, te puede morder.

–¡Siempre estás igual!

Hacía tiempo que no recibía de mi hija una sola palabra de afecto. Claro que eso no solo tenía que ver con las transformaciones que estaba experimentando: tenía que ver con mi divorcio y con el papel exasperado que me había visto obligado a interpretar, en legítima defensa, ante la implacable abogada de Cristina. Ahora Luna hacía delicados equilibrios sobre la cuerda que separa la niñez de la adolescencia y sobre la amarga certidumbre de que sus padres la querían mucho a ella, pero no se querían nada entre los dos. No esperaba de mi hija una muestra de cariño, y me aterrorizaba imaginar que ya nunca llegaría a recibirla. Claro que cualquier psicólogo podría aleccionarme diciendo que, en vez de esperar afecto y comprensión de una criatura de trece años, era yo el que debía tomar la iniciativa, porque la administración de semejantes sentimientos corría de mi parte, y no de parte de una niña con problemas escolares, insomnio patológico y déficit de atención. Sacudí una mano delante de mi rostro, como si estuviera espantando moscas invisibles, algo que solía hacer en ocasiones, para disipar desagradables pensamientos.

Luna seguía acariciando al gatito y él enviaba agudos y seductores ronroneos. Al principio, cuando lo encontramos, me pareció ver algunos gatos más, que ante nuestra presencia huyeron despavoridos. Pero este había tenido el valor de acercarse. Ahora, mientras Luna jugaba con él, yo pensaba en otra cosa: «su madre los ha abandonado», me dije a mí mismo. En la naturaleza ocurren muchas cosas así, aún más que entre los seres humanos.

Al principio, miré al animal con vaga simpatía, pero pronto el sentimiento se deshizo. Azuzado por el hambre, o quizás por la desesperación, se había resistido al impulso de imitar a sus hermanos. Los demás habían sido más prudentes, porque unos seres desconocidos podían ser una amenaza, pero el gatito que se había acercado a Luna, en cambio, había optado por una jugada arriesgada: confiar en ellos. Había sido muy valiente.

–¿Qué es lo que pasa?

Aquella era la voz grave de Salva, que ahora resonaba a mis espaldas. En breves segundos se contestó a sí mismo.

–Oh, vaya, un gatito –dijo mi hermano.

Aquel verano, todas las mañanas, Luna, Salva y yo salíamos a andar. En los largos paseos, Salva, que estaba en buena forma, siempre tomaba la delantera. Cuando cobraba excesiva distancia hacía un alto y esperaba que lo alcanzáramos. Por eso, cualquier pequeño incidente en el camino también le obligaba a regresar. Es lo que había ocurrido ahora con el gato.

–¿A que es bonito, tío? –dijo entonces Luna.

–Luna, ten cuidado –aconsejé.

Mi hija frunció el ceño.

–¿No ves que es solo un cachorro? –Luego devolvió la mirada a Salva, que seguía a mis espaldas–. Es muy pequeño, tío Salva. No puede hacer daño a nadie. Seguro que está solo, y está triste, y tiene hambre.

Salva se había puesto a mi lado. Ambos mirábamos a Luna, que seguía agachada, absorta en el gatito, pasando sin descanso su mano derecha sobre el lomo del animal. El gatito se dejaba hacer y de vez en cuando emitía un ronroneo, con calculada regularidad, como buscando afianzar el precario vínculo que había trabado con la niña.

–Sí, yo también creo que el gatito tiene hambre –dijo Salva.

Giré el cuello y clavé los ojos en el rostro de mi hermano, con una mirada de reproche.

–Eh, Jorge, ¿qué es lo que pasa? –contestó–. El pobre gato está hambriento, está asustado y de repente ha encontrado una amiga. ¿Te gusta el gatito, Luna?

–Sí, tío. ¿Me lo puedo quedar?

–No, no te lo puedes quedar –dije yo.

Luna volvió a lanzarme una mirada irritada y ofensiva. No señalaba un ejercicio injusto de mi autoridad: señalaba que yo no tenía ninguna autoridad.

–Un bicho en casa no da más que trabajo –insistí.

Luna se había levantado. Tenía el gato entre los brazos y lo seguía acariciando, ahora con mayor lentitud.

–Yo lo cuidaré, aita. Tú no tendrás que ocuparte de nada.

–Eso es lo que dicen todos los niños, pero luego no cumplen lo que prometen. Deja el gato en el suelo, Luna.

El gatito lanzó entonces un maullido intenso, buscando ayuda con desesperación.

–¿Me has oído, Luna? Deja en el suelo ese animal.

La niña decidió ignorarme.

–Tú no puedes decir nada. Este es un regalo del tío. Es mi tío el que va a regalarme el gatito, ¿verdad, Salva?

Salva, con medida diplomacia, nos miró a Luna y a mí. Después bajó la mirada. Realmente Salva no quería cuestionar mi autoridad frente a la niña, pero al mismo tiempo componía uno de esos gestos suyos, sugestivos, seductores, que yo conocía muy bien.

–Tío… –dijo Luna, suplicando, o gimiendo con el mismo tono desasistido de un gatito, el tono de un gatito huérfano que estuviera entre los brazos acogedores de una preadolescente.

–Luna, tenemos que hacer lo que diga tu padre… –empezó Salva– pero también podemos ayudarle a que tome la mejor decisión, a que considere nuestros sentimientos, nuestras emociones, nuestro deseo de hacer el bien a un ser débil e indefenso.

Mi hermano hablaba así. O mejor: cuando quería, mi hermano hablaba así. Le miré con odio resignado, con agotado resquemor.

–Salva, ahórrame todo eso, por favor.

Salva solo tenía dos años menos que yo, pero parecía mucho más joven: su pelo hirsuto y entrecano, su mirada magnética y despierta, su cuidada barba de tres o cinco días, sus bonitas camisetas de colores que enfundaban un pecho fuerte y bien formado. Todos hemos elucubrado alguna vez sobre las bromas de la genética, que lleva a que los mismos progenitores alumbren hijos distintos en ideas o en conducta (esas vagas tonterías) pero también en cosas realmente importantes: los labios, los brazos, la voz.

Salva se acercó a Luna y acarició al minino.

–Jorge, por favor –susurró mi hermano–. Pobre animal…

Salva y Luna se miraron, sonrieron. Salva se llevaba muy bien con Luna. Mi hermano y yo tuvimos algunas diferencias, pero nos respetábamos, y manteníamos la misma rendida lealtad a nuestros padres, desaparecidos cuando aún éramos muy jóvenes.

El sofisticado juego de miradas entre Luna y Salva contenía códigos de los que yo estaba excluido, pero que con el paso del tiempo había alcanzado a interpretar. Salva insistió a la niña en que debía buscar el permiso paterno, no el suyo, aunque él la ayudaría a vencer mi resistencia. Aceptado el argumento, Luna instaló sobre su rostro una antigua y olvidada mirada de niña buena e indefensa. El gatito continuaba entre sus brazos. Ni siquiera tuvo que insistir con más palabras. Suspiré, con resignación.

–Está bien, Luna, puedes quedártelo.

Fue una explosión de alegría, en la que participaron mi hermano y mi hija al mismo tiempo. No hubo un solo gesto de Salva que alimentara aquella desleal hipótesis, pero en los fervorosos besos que recibió de mi hija, estaba claro que ella atribuía a su intervención el feliz desenlace de la historia.

En los tórridos días de verano, cuando a primera hora aún se mantenía el frescor de la amanecida, los tres salíamos a andar por los caminos del pueblo castellano de nuestras vacaciones. Era en agosto cuando disfrutaba de mi hija. En septiembre, antes del inicio de las clases, yo debía devolverla a su madre, con la que vivía el resto del año. Y era también en agosto cuando volvía a encontrarme con mi hermano, que pasaba unos cuantos días con nosotros.

Los paseos matutinos eran largos, tempraneros, pero la imprevista adopción de un gatito exigió que aquel día hiciéramos un alto y volviéramos a casa: había que cuidarlo, había que darle de comer, había que buscar un rincón donde acogerlo. El gatito huérfano merecía, como nosotros, un lugar mejor.

La casa del pueblo era un caserón dos veces centenario que yo podía mantener con ciertos sacrificios personales, en memoria de mis padres fallecidos. Hacía tiempo que había comprado a Salva su parte de la herencia, cuando aún pensaba que Cristina y yo tendríamos una familia numerosa y feliz. Luna era el único y precioso vestigio de aquel proyecto demolido. Viejas e ingenuas previsiones solo dejaron en mi vida dos consecuencias: que ahora tenía una hija a la que apenas podía ver un mes al año, y que mi hermano y yo seguíamos disfrutando de la misma casa de campo, herencia de nuestros padres, aunque ahora solo yo la mantenía porque él se había cobrado su mitad.

Con el incidente del gatito la mañana había ido pasando. Ahora el sol reinaba sobre un cielo despejado y hacía bastante calor. La entrada de casa era un zaguán oscuro y fresco, con un suelo de piedra y dos viejos arcones de madera de roble. Busqué en uno de ellos un cesto de mimbre y una frazada a cuadros. Mientras tanto, Luna corrió a la cocina en busca de leche para el gatito. El animal estaba ahora entre los brazos de mi hermano.

–Le has dado una alegría enorme a Luna –dijo Salva.

Yo estaba agachado, encajando la manta en el cesto que había encontrado. Intentaba fabricar un lecho confortable para el gato.

–¿Una alegría? –gruñí–. ¿Y hasta cuándo durará esta alegría?

Había torcido la boca la segunda vez que pronuncié «alegría», hasta hacer del término algo cínico y horrible, algo siniestro.

–Debes llevarte bien con Luna, Jorge.

–Lo sé, sé que debo hacerlo.

–Y no es fácil para ti, no es fácil para nosotros –continuó– Luna vive con su madre en una ciudad lejana. Aún es una niña, pero está creciendo, Jorge. Este verano la he visto muy cambiada. Imagínatela dentro de poco, con quince o dieciséis años, teniendo que pasar los veranos con su padre, sin amigos, sin diversiones, en un poblachón de mala muerte.

Detestaba los consejos de mi hermano. Los detestaba no solo porque los sustentaba en diagnósticos absolutamente ciertos, sino porque además los expresaba mediante fórmulas exactas, que dejaban sobre la piel el escozor de una desagradable rozadura. Ajusté la frazada al cesto y lo encajé en una esquina recogida del zaguán. Después me levanté y me volví para mirar a mi hermano.

–¿Qué quieres decir con eso, Salva?

Mi hermano acariciaba el lomo del gato y este contestaba con ronroneos de placer.

–Que privarla del gatito habría sido para ella una pequeña tragedia. Lo sé, puedes decirme que en pocos días la niña lo habría olvidado. Pero la memoria de los seres humanos se construye mediante constantes inyecciones de recuerdos. Y los recuerdos pueden ser hermosos y agradables, o feos y sombríos. Sé que quieres mucho a tu hija…

–Te has dado cuenta –repliqué, cínicamente.

–… pero debes demostrárselo en las cosas pequeñas, en las cosas que son importantes para ella. Siempre hablas enfurruñado, Jorge, la niña se da cuenta de eso y no le gusta. No, no le gustas.

Miré a mi hermano: su alta frente, su bonita camiseta de rojo encendido, sus brazos firmes y compactos, su irritante inclinación a ser simpático con todo el mundo y reservarse conmigo el derecho envenenado a decir la verdad.

–Salva, no deberías dar clases de filosofía en un instituto –respondí–. Tienes madera de político. ¿No has pensado nunca en eso?

Salva sonrió con deportiva aceptación. Yo había descubierto que los hermanos mayores nos podemos permitir pequeñas y suaves ironías frente a los hermanos menores, y que ese diminuto privilegio se mantiene a lo largo de los años, de las décadas, de la vida.

Luna regresó de la cocina. Andaba muy despacio. Llevaba entre las manos un platillo lleno de leche y cuidaba de que el líquido no se derramara. El gatito debió de intuir algo porque comenzó a agitarse. La siguió con la mirada, mientras ella depositaba el platillo sobre el embaldosado de piedra del zaguán. El gatito se puso a beber con avidez, mediante sonoros lamidos.

–Vaya –suspiré– es verdad que el pequeño tenía hambre. Pero nosotros también tenemos hambre: vamos a preparar la comida.

Extendí el brazo para que Luna me diera la mano y, por primera vez en mucho tiempo, la niña alzó la suya y me la dio. Fuimos a la cocina y Salva nos siguió. A nuestra espalda, los estridentes lamidos del gatito se fueron haciendo más lejanos.

En el pueblo, se sucedían las jornadas del sofocante agosto castellano. Luna, Salva y yo repetíamos los paseos madrugadores, cuando el sol aún no azotaba los caminos y las piedras. Salva, que era un lector impenitente, dilataba las tardes con novelas premiadas y suplementos literarios, y Luna se distraía cuidando del gatito y hablándole secreta y quedamente. Por mi parte, los paseos mañaneros se convertían en la perfecta excusa para justificar después prolongadas siestas vespertinas y una incurable afición a no hacer nada.

El gato no daba problemas. Un agudo instinto le había convencido de que el mejor modo de asegurar el futuro era mostrarse dócil y afectuoso con su amita y con aquellos dos grandes primates que merodeaban alrededor del confortable cesto. Salva construyó para el gatito una caja de madera y la llenó de arena. Salva explicó a Luna que los gatos, al contrario de otros animales domésticos, son muy limpios, y que pueden acostumbrarse a hacer sus necesidades siempre en el mismo lugar.

–¿Me ayudas a preparar la caja? –preguntó Salva.

Pero aquellos días Luna había trabado relación con dos niñas del pueblo y salía por las tardes a jugar con ellas. Salva tuvo que hacerlo solo. Así y todo, al anochecer, Luna volvía bastante pronto de sus aventuras (empezaban a interesarle nuevas cosas, pero para otras seguía siendo una niña), preparaba otro cuenco de leche para el gato y jugaba con él antes de la cena.

Cristina llamó a finales de agosto. Estaba pasando unos días de descanso en Peñíscola (no dijo en compañía de quién) y nos citamos para el último día del mes, cuando vendría en busca de la niña.

–No prepares nada para comer –se anticipó–. Recogeré a Luna y seguiremos hacia Madrid. Al día siguiente tendré que trabajar, así que prefiero estar en casa cuanto antes.

Agosto sesteaba pesadamente. Fresca y sombría, la casona era un reducto amable en medio de la canícula. En invierno, sin embargo, se convertía en un lugar inhóspito: descendía la temperatura con violencia. En invierno, la escarcha y las heladas pintaban el jardín de un manto blanco. Guardaba en la memoria esa imagen de cuando era niño, de cuando aún vivían nuestros padres.

El gato maduraba con sorprendente rapidez. Como es de ley en los cachorros, el crecimiento rápido es una manera de adaptarse a la cruel vida natural, aunque ahora, entre los seres humanos, su vida ya no fuera ni cruel ni natural. Los gatos, además, se precian de llevar una vida independiente. El nuestro comenzó a explorar los rincones del zaguán, más tarde el jardín y el garaje. Alguna vez lo sorprendí subido a un mueble y reproché a Luna que no se ocupara más de su mascota. La niña, distraída con algo, ni siquiera contestó.

El último día del mes, Cristina llegó al pueblo en el deportivo rojo, el coche que se había quedado después del reparto de bienes del divorcio. Me alivió que viniera sola: en los últimos tiempos, los hombres se sucedían en su vida con asombrosa velocidad. Solían ser educados y gentiles, también mansos, manejables. Parecían buenos tipos, pero no buenos por bondad, sino buenos de puro tontos. Ninguno le había interesado lo suficiente. Tarde o temprano encontraría algo mejor.

Cristina había adelgazado bastante. Estaba muy atractiva y en eso también había colaborado su cambio en el modo de vestir. Cuando estábamos casados se ponía pantalones flojos, camisas de hombre y jerséis holgados. Ahora se había pasado a las camisetas de tirantes, las faldas cortas y las sandalias de tacón. Pero había otra cosa aún más importante: su cuerpo me estaba vedado y eso lo había convertido, de nuevo, en algo deseable y turbador.

Luna ya tenía preparadas una maleta y una pequeña mochila con sus cosas. Vio a Cristina, corrió a colgarse del cuello y la besó. Me daba envidia que para Luna su madre fuera merecedora de cálidas explosiones de afecto y yo el receptor de breves saludos obligatorios. Supuse que ese era el precio de vivir con mi hija un solo mes al año, y eso ni siquiera podía compensarse con pequeños chantajes sentimentales, como dejar que trajera a casa un gato huérfano.

–¿Ha desayunado la niña? –preguntó Cristina.

–Sí, todo está bien –respondí.

Salva apareció por ahí, dio besos a su excuñada, tomó los dos bultos de Luna y los metió en el maletero del deportivo.

–Nos vamos –dijo Cristina.

–¿No quieres tomar nada? ¿Un café, una cerveza? –pregunté.

–Prefiero llegar a casa cuanto antes. Luna empezará pronto el colegio y mañana mismo yo empiezo a trabajar. Han sido muy agitados los días en Peñíscola. Te llamaré cuando lleguemos, ¿de acuerdo?

Asentí. Entretanto, Salva estaba recibiendo un efusivo abrazo de Luna.

–¿Me llamarás, Salva?

–Claro, muñeca. Ya sabes que eres mi chica favorita –pronunció, con deje cinematográfico.

Me quedé absorto, observando aquel abrazo con la minuciosa curiosidad de un investigador, de un naturalista. Sacudí la cabeza, como si me librara de un hechizo, y llegó un interrogante a mi cabeza.

–Luna, Luna –repetí.

Luna seguía abrazada a su tío y no me estaba haciendo caso.

–Luna, ¿y el gatito?

La niña se dio la vuelta y, asombrada, me miró.

–¿Qué dices del gatito?

–Recuerda que lo recogimos porque tú me lo pediste. Recuerda que te comprometiste a cuidarlo. Eso fue lo que dijiste, Luna, y tú ya eres mayor. Una chica mayor debe cumplir sus compromisos.

Cristina, después de descifrar lo que ocurría, espantada, me miró.

–No esperarás que me lleve un bicho a casa, Jorge. No soporto las mascotas.

Pensé que iba a asistir a una denodada lucha entre una madre estricta y una adolescente que comienza a pelear por sus derechos. Pero Luna depositó sobre el suelo una mirada errabunda.

–¿Luna? –pronuncié, detenidamente.

–Aita –protestó–, ¿qué quieres que haga? Ama no quiere que lo llevemos. Además, ¿qué voy a hacer con un gatito cuando empiece el colegio?

–Ya os estáis olvidando de montar en mi casa una granja –sentenció Cristina, con su aspereza habitual, que yo conocía de otros tiempos.

–¿No puede quedarse a vivir aquí? –dijo entonces Luna–. Este es el mejor lugar para un gatito.

–Sabes que dentro de unos días yo también me iré. Cerraré la casa y nadie volverá hasta el próximo verano. Aquí no se puede quedar, aquí se morirá de hambre, Luna, se morirá de hambre y de tristeza.

–Creo que deberías entregar el bicho a algún lugareño –resolvió Cristina–. Venga, Luna, recoge tus cosas que nos vamos.

Lugareño: qué palabra más estúpida, pensé.

–Ya he metido las bolsas de Luna en el coche –dijo Salva, que se había mantenido cuidadosamente al margen de la conversación.

Luna se acercó y me dio un beso en la mejilla.

–Adiós, aita.

–Adiós, Luna. Obedece a tu madre.

La niña lanzó al cielo una mirada de infinita paciencia, como si estuviera recibiendo una orden gratuita e innecesaria. Después ambas subieron al coche. Volvieron a despedirse con ostentosos movimientos de las manos. El sol azotaba las calles del pueblo y recordé el aire climatizado del deportivo que conducía Cristina: en su interior, los días de verano eran refrescantes y los días de invierno cálidos y confortables.

Yo tenía por delante una semana antes de incorporarme a mi trabajo y Salva había anunciado que solo iba a quedarse un día más. En el instituto donde trabajaba era jefe de algo, o coordinador de algo, y debía presentarse antes del inicio de las clases.

Desde que Luna se fue, el gatito vagaba por la casa inquieto y desorientado. Sentía que algo le faltaba. Hacía tiempo que solo yo me encargaba de alimentarlo. Al día siguiente Salva también iba a partir. Mi hermano vivía en la costa levantina y conducía un viejo dos caballos. Cuidaba el coche con el mimo de un celoso coleccionista. Debía planificar sus desplazamientos con más tiempo, pero el coche redondeaba su figura de cuarentón simpático, atractivo, que viste de forma deportiva, lee suplementos literarios, bromea en clase cuando habla de Kant y de Platón, y reflexiona sobre los problemas de la juventud contemporánea, los desequilibrios económicos, las amenazas que comporta el cambio climático.

Los últimos días de agosto no habían sido indulgentes. El tiempo de luz se iba acortando, pero el calor no remitía. Salva madrugó para salir más bien temprano: el dos caballos era bonito, sí, pero cruzar con él las largas autovías de la península constituía un ejercicio de paciencia.

–Nos llamamos a lo largo del año –se despidió–. Ah, y en noviembre avísame para el cumpleaños de Luna: ya sabes que me gusta ir a su fiesta.

Salva jugueteó con las llaves del coche, se acercó y me besó en la mejilla. Salva y yo nos besábamos. Aquel gesto era un rastro de la infancia, cuando vivíamos atados a la sombra tutelar de nuestros padres. Ahora seguíamos vinculados a su memoria gracias a aquel hábito fraterno y a la conservación de un caserón decimonónico en un pueblo perdido de la Meseta.

Salva había metido sus cosas en una bolsa deportiva. Desde la adolescencia, siempre tuve la sensación de que la vida de mi hermano cabía en una sola bolsa, mientras que la mía era algo complicado, pesado y aparatoso. Después subió a sus dos caballos. Entonces le miré.

–¡Salva! ¡Eh, Salva!

Mi hermano bajó la ventanilla, se puso las gafas de sol sobre la frente y me miró.

–Salva, ¿y el gato? ¿Qué va a ser ahora del gato?

Envió al cielo una mirada de infinita paciencia, no distinta a la que a veces utilizaba Luna conmigo. Mostró su larga sonrisa de dientes blancos y ordenados. Así como se ven obligados a soportar amables ironías, los hermanos menores también saben que las responsabilidades familiares más engorrosas no corren de su cuenta. Vi partir el dos caballos, un coche viejo, muy viejo, pero exquisitamente cuidado, y que ostentaba ese encanto tan particular de las cosas viejas, muy viejas, pero exquisitamente cuidadas.

La partida de Salva dejó delante de mí una nube de polvo seco y caliente. Tosí en medio de la polvareda. Después entré de nuevo en casa. Debía empezar a recoger mis cosas y preparar la clausura definitiva del caserón, que se sumiría en una densa soledad durante once largos meses.

En el zaguán, sobre el cesto que había preparado hacía más de tres semanas, el gato me miraba, confuso y prevenido.

–Así es la vida, amigo.

El gato, por primera vez, se permitió un gesto de hostilidad: gruñó, bufó, se encogió sobre sí mismo, levantando la cola y erizando su pelo. Me lanzó la mirada hipnótica de un reptil a la defensiva. Unos dientes diminutos, pero amenazadores, y que imaginé endiabladamente afilados, asomaron en los extremos de su boca abierta.

Las vacaciones estaban a punto de terminar. Salva y Luna ya se habían marchado. Hacía mucho calor. Me sentía agotado y mi vida era un pozo hondo y oscuro. Ahora debía hacer con el gato lo que debimos haber hecho el primer día.

Viento inclemente

El móvil, en silencio, vibró compulsivamente. Miré la pantalla: era mi padre.

–¿Vas a salir hoy por la noche? –preguntó ama.

Leí su mensaje: «Pili acaba de morir. Estoy solo. Me gustaría verte».

–En serio, Jorge –repitió ama– ¿vas a salir o no? Tengo que preparar la cena.

Algo remoto y confuso se agitó dentro de mí. Revivieron pergaminos, sombras oscuras, fotos de la memoria, viejos daguerrotipos del miedo y de la infancia. Permanecí en silencio y siempre que me quedaba en silencio, después de una de sus preguntas, mi madre lo interpretaba como una aceptación. Iba a quedarme en casa aquella noche, sí, contesté. Retomé el teléfono y escribí a mi padre una respuesta: «Iré el próximo sábado». Él respondió enseguida: «Gracias, hijo».

El viernes por la noche, no antes, dije a mi madre que el sábado saldría pronto de casa y que no volvería a mediodía. No, no había quedado con Laura, contesté. No, no iba a comer con amigos, contesté. Cuando llegamos a ese punto, ella no pudo callar.

–Quieres decir que vas a Asturias, ¿no?

No responder a su pregunta fue el modo más decoroso que encontré para asentir.

–Supongo que por lo menos vendrás a dormir –continuó ella.

–No lo sé, no estoy seguro. A lo mejor paso por casa de Laura.

–Voy a hacer tarta de manzana. Aunque vengas de madrugada la tendrás en la encimera. Si quieres, también preparo algo más.

–No, no es necesario. Gracias.

Al día siguiente salí muy pronto de casa. Tomé un café caliente, monté en el coche y emprendí viaje en dirección a Llanes. La radio anunciaba un día nublado y ventoso, uno de esos días en que el Cantábrico azota la costa con más fuerza que de costumbre y deja constancia de su poder durmiente, aletargado, que solo recobra vigor en los peores días del invierno. Bajo la acometida de una lluvia intermitente, conducía despacio, mientras escuchaba música o hablaba conmigo mismo en voz alta, como siempre hacía cuando estaba solo, para justificar mis acciones, para expiar mis culpas o para decir a mi madre lo que de frente nunca me atrevía a decir.

Conocía Llanes porque había ido varias veces a ver a mi padre. Durante todos estos años él apenas había vuelto a casa. Se limitaba a transferir puntualmente una parte de su sueldo, que ama administraba con la depravada exactitud con que se administra, en las familias pobres, un dinero escaso e insuficiente. Quizás por eso mis dos hermanos pequeños apenas sabían de él. Ama aceptaba el dinero, pero hacía muchos años que ni siquiera pronunciaba su nombre delante de nosotros.

Cuando me acercaba al pueblo hice una llamada de aviso. Por eso, al aparcar en el centro, él estaba ya esperándome, con las manos metidas en una vieja gabardina y tocado por una gorra impermeable. Mi padre tenía el pelo entrecano y, a pesar de los años transcurridos, no había claros en él. Su densa cabellera no había retrocedido un solo milímetro. Además, la costumbre de dejarse el pelo largo le hacía parecer más joven de lo que era en realidad. Debido a un accidente de juventud tenía la nariz rota. Eso daba a su rostro cierto aspecto de boxeador, pero no el de un boxeador feo y embrutecido sino el de uno de esos hombres fuertes, duros, trabajados por el tiempo y por la adversidad, uno de esos hombres cuya nariz rota, misteriosamente, los hace atractivos a los ojos de muchas mujeres.

Como había ocurrido otras veces, al encontrarnos me dio un abrazo y me besó.

–Siento lo de Pili, aita. ¿Estás bien?

–Estoy bien, claro que estoy bien, gracias. El jueves la incineramos. Fue una ceremonia muy bonita: uno de sus hijos toca el acordeón.

Comenzamos a pasear cerca del muelle, junto a los barcos que se balanceaban, con majestuosa lentitud, siguiendo el flujo de la marea.

Recordaba a mi padre antes de que se fuera de casa, sus hábitos solitarios y esquivos. Los domingos compraba el periódico. Lo leía lentamente, sobre la mesa de la sala, mientras bebía un botellín de cerveza que, con el paso de las horas, se convertía en una hilera de botellines de cerveza. Siempre oficiaba la misma ceremonia: primero pasaba las páginas de delante hacia atrás, con agilidad, como un ave que en su vuelo se limitara a otear los titulares a distancia. Luego empezaba, otra vez, ahora de atrás hacia adelante, demorándose en la lectura completa de los artículos y las noticias que más le interesaban. Después volvía, por tercera vez, a emprender un nuevo vuelo, ahora de delante hacia atrás, para concluir la lectura del periódico. Un periódico en papel guarda tantas letras, tantos mensajes, como un libro de doscientas páginas. Si alguien se propone leerlo entero necesita mucho tiempo. Mi padre pasaba toda la tarde absorto en la tarea. Al anochecer, recalcitrante, reptaba por las últimas esquinas del periódico: repasaba la cartelera de cine, revisaba las esquelas o analizaba la más pequeña carta al director. No había domingo en que ama no le dijera, en voz alta, que debía cambiar de trabajo.

–Fuiste el único de mis hijos que llegó a conocer a Pili –recordó.

–Bueno, soy el mayor. Aunque… en fin, ya te lo dije: no me gustó.

–Pili no te gustó porque yo había dejado a tu madre.

–Pili no me gustó porque era basta y ordinaria. Aita, por favor, hasta había trabajado como puta, ella misma te lo confesó.

Intenté callarme. Creo que intenté callarme, pero no lo conseguí.

–El día en que me la presentaste fue muy cariñosa –admití–. Me pasó la mano por el pelo, me dio besos en la mejilla… pero no, no puedo olvidarla, joder: aquellos muslos gordos, aquella minifalda ridícula, aquellas uñas largas, pintadas de tres colores distintos. Hasta un niño de quince años se daba cuenta de algo así.

–Tú ya no eras un niño.

–Ojalá lo hubiera sido, para no darme cuenta de nada.

Sentí que había ido demasiado lejos. O todavía peor: sentí que le estaba haciendo daño. Yo no tenía derecho a hacerle daño. Yo no tenía derecho a hablar de esa manera. Era como si se hubiera muerto su mujer. No, no era así: realmente, se había muerto su mujer. Se había muerto la mujer de mi padre. Tragué saliva.

–Perdona –murmuré.

–Vamos a comer algo.

No habíamos previsto ningún almuerzo, pero si había viajado hasta Llanes para verlo era evidente que tendría que comer, y además hacerlo a su lado. No creía que eso pudiera ser desagradable, pero iba a prolongar nuestro encuentro y también el riesgo de que todo terminara mal.

–Hay un chigre que me gusta muy cerca de aquí.

Paseamos por el puerto, entre los graznidos de las gaviotas, acompañados por un viento húmedo y salobre que venía del mar. Mi padre se encogía dentro de su gabardina, como si de repente tuviera mucho frío. Pensé que los viejos siempre tienen frío y que el aspecto dinámico y activo de mi padre era engañoso. No era un anciano, desde luego, pero si uno se fijaba en algunos de sus gestos, en algunos de los rasgos de su cara, en el modo arduo y denodado con que solía respirar, estaba claro que la ancianidad se anunciaba en él de forma cruel: no auguraba un lento y largo declive sino un desplome repentino, una inminente demolición.

–Me gustan las sidrerías –dijo–, pero para beber sigo prefiriendo la cerveza.

En la taberna, una mujer gruesa y de mejillas rosadas se acercó a atendernos.

–Hola, cariño.

–¿Todo bien, Marga? Mira, este es mi chico.

Marga me miró con cariño obligado, pero por debajo de eso con la implacable evaluación de una hembra vieja. Volvió a mirar a mi padre.

–Pues todavía es más guapo que tú.

Me sentí incómodo, pero no por la malicia costumbrista de la frase sino por algo aún más retorcido: yo asistía a su conversación desde algún lugar remoto, como asiste un extranjero a las complicidades que comparten los habitantes de otro territorio, los hablantes de otra lengua, los creyentes en otra religión.

En la sidrería había un agrio olor a humedad. De la calle llegaba un frescor desapacible. Durante la comida, no me quité la cazadora, ni mi padre su arrugada gabardina.

–Al menos tomaste una decisión. Dejaste a ama, nos dejaste a nosotros. ¿Crees que mereció la pena?

–Por favor, no me preguntes eso.

Anticipé que iba a decir una crueldad, aunque al final, por valor, o quizás por cobardía, prefirió no decir nada. Se guardó la frase para sí, se la tragó con un golpe de cerveza. Yo no llegaría a conocerla nunca y sería mejor así.

Comimos generosas viandas asturianas, envueltos en el hospitalario desparpajo que practicaba Marga y la distante conversación de algunos parroquianos que bebían sidra junto a la barra. Mi padre pidió vino para acompañar la comida y yo me disculpé porque luego tenía que conducir.

Cuando salimos a la calle hacía frío y el viento que procedía del mar se había vuelto aún más inclemente.

–¿Y tu madre? ¿Qué tal está?

–Bien, ama está bien.

–¿Sigue haciendo postres de manzana?

Sonreímos ambos, con tímida complicidad. Mi padre me abrazó. Me dio otro beso en la mejilla y me propinó un leve golpe en la frente con la suya.

–Te echaba de menos, hijo.

–No seas cabrón –dije llorando.

–Siempre os llamo por Navidad.

–No, siempre no.

Me sobrepuse. Qué viento hacía, qué viento más inclemente.

–Aita, ¿qué vas a hacer ahora? –pregunté.

–Tendré que abandonar la casa. Pili se lo dejó todo a sus hijos. Es lo lógico. Yo habría hecho lo mismo. Bueno, en su momento haré lo mismo.

–¿Dejárnoslo todo a nosotros? Para eso tendrías que poseer alguna cosa, ¿no crees? –Sonreí dolorosamente–. ¿Por qué no vuelves?

Miró hacia la dársena del puerto.

–Esa es la pregunta de un niño pequeño.

Metió la mano derecha en el bolsillo de su gabardina. Sacó un paquete de cigarrillos. Me ofreció uno. Lo rechacé. Él se lo puso entre los labios y después lo encendió.

No fumas, no bebes… –masculló– Mi vida es una mierda, pero no sé qué decir de la tuya. Por lo menos seguirás con aquella novia, ¿no? ¿Lidia?

–Laura. No, claro que no decía que volvieras a casa. Joder, ama no te dejaría poner el pie en el portal. Pero podrías venir a la ciudad. Alquilar un apartamento. No sé, podríamos vernos a veces.

–Allá todo es muy caro, Jorge –lanzó un bufido–. Y si la vida sin Pili es una mierda, mi pensión también lo es.

Las tardes frías del invierno tienen una existencia efímera e indecisa. Languidecen bajo una luz incapaz de sostener el rigor del calendario. Muy pronto empezaría a oscurecer.

–Los hijos de Pili están arreglando los papeles –continuó–. Son buenos chicos. Me han dicho que puedo quedarme en casa todo el tiempo que haga falta aunque, claro, una inmobiliaria ya ha puesto un letrero de «Se vende» en el balcón.

–¿Estás bien, en serio?

–Claro que estoy bien –respondió, con una mirada áspera que yo recordaba de cuando aún era niño–. Estoy bien y he decidido quedarme aquí. Durante diez años este pueblo ha sido mi casa. Puedo llevar una vida tranquila. No hace falta demasiado dinero. Y… bueno, ya sabes que soy un sentimental.

–No, no sabía que fueras un sentimental –respondí.

–Pues sí lo soy –replicó enrabietado–. Pili está enterrada aquí. Quiero quedarme a su lado, ¿entiendes? No permitiré que vuelvas a hablar mal de ella. He estado enamorado de esa mujer, he vivido con ella algo parecido a la felicidad, algo más parecido a la felicidad de lo que tú llegarás a conocer en toda tu vida. Nadie podrá quitarme eso. Y tú tampoco.

Comprendí que había frivolizado sobre sus sentimientos, pero él ya se había repuesto y no necesitaba mi indulgencia, mi comprensión o mi perdón. En los últimos diez años había estado pocas veces con mi padre, pero, de algún modo secreto, los dos nos conocíamos muy bien.

–Mira, no quiero enfadarme. Además… vaya, esto no es una despedida –dijo, y se pasó una encarnada mano abierta por la cara–. Tiene que haber otro lugar, tiene que haber algo mejor. Jorge, cásate, ten un montón de enanos, tráelos algún día para que conozcan a su abuelo, pero no me compadezcas, ¿de acuerdo?

Aquella nariz heroica de púgil retirado; aquellas pupilas grises, claras; aquel modo obstinado de levantar la comisura del labio cuando intentaba sonreír y casi lograba hacerlo. Conocía sus gestos desde niño. Ahora me divertía imitarlos, y lo hacía tantas veces que ya me había dado cuenta de que no era una imitación.

–De acuerdo, aita –contesté–. Te llamaré cuando tenga buenas noticias, o cuando tenga noticias, o... no importa, te llamaré.

Monté en el coche. Tenía dos horas de viaje por delante. Me sentía cansado, a pesar de que no había hecho otra cosa que almorzar y pasear al lado de un hombre mayor. Estaba oscureciendo. Mientras me alejaba, pude ver por el retrovisor el perfil de mi padre, que alzaba el brazo derecho y agitaba la mano sin mucha convicción. Entonces unas sonoras trizas de aguanieve empezaron a golpear el parabrisas. Y poco después, en el retrovisor, la lluvia, la noche o la distancia emborronó para siempre la imagen de mi padre y la hizo desaparecer.

Esta primera edición de
Un lugar mejor
de Pedro Ugarte
se terminó de imprimir
el 28 de octubre de 2024